LES PETITS CHATIMENTS

GLAS ET TOCSIN

PAR

BEN-MILL

Dans ton triomphe abject, si lugubre et si prompt
Je t'ai saisi. J'ai mis l'écriteau sur ton front.
. . . .
L'histoire à mes côtés met à nu ton épaule.
Tu dis : je ne sens rien ! et tu nous railles, drôle,
Ton rire sur mon nom gaîment vient écumer;
Mais je tiens le fer rouge et vois ta chair fumer.

(*Les Châtiments.*) VICTOR HUGO.

PARIS

AUGUSTE GHIO, ÉDITEUR

PALAIS-ROYAL, 1, 3, 5, 7, GALERIE D'ORLÉANS

—

1882

LES PETITS

CHATIMENTS

GLAS ET TOCSIN

PAR

BEN-MILL

Dans ton triomphe abject, si lugubre et si prompt
Je t'ai saisi. J'ai mis l'écriteau sur ton front.
. . . .
L'histoire à mes côtés met à nu ton épaule.
Tu dis : je ne sens rien ! et tu nous railles, drôle,
Ton rire sur mon nom gaîment vient écumer;
Mais je tiens le fer rouge et vois ta chair fumer.

(Les Châtiments.) VICTOR HUGO.

PARIS

AUGUSTE GHIO, ÉDITEUR

PALAIS-ROYAL, 1, 3, 5, 7, GALERIE D'ORLÉANS

1882

DÉDICACE

A tous les Déshérités :

> *A ceux qui pleurent !*
> *A ceux qui souffrent !*
> *A ceux qui espèrent !*
> *A ceux qui aiment !*

A vous tous enfin, Prolétaires, mes Frères !

Le plus humble des vôtres.

BEN-MILL.

AVERTISSEMENT

Beaucoup de lecteurs penseront peut-être que ce livre vient bien tard. A cette objection, ma réponse est simple, mais je la crois irréfutable ; la voici dans toute sa naïveté : Il ne pouvait paraître plus tôt.

En effet, sous le régime des anciennes lois sur la presse, lois si restrictives, si dures pour toutes plumes indépendantes, mes tentatives de publication ont été vaines ; je n'ai même jamais pu obtenir le visa de la censure impériale pour ma chanson « *les Vertus théologales* ». Il me fallait donc forcément attendre des jours meilleurs.

La nouvelle loi vient enfin de lever l'interdit.

Le but que je poursuis a été certainement atteint par de nombreux écrivains, beaucoup mieux, sans doute, que je le pourrais jamais.

1.

Qui donc, par exemple, n'a pas applaudi des deux mains, les puissantes et magnifiques imprécations de notre illustre et vénéré maître, Victor Hugo, dans son immortel ouvrage « *les Châtiments* ».

Mais quelque soin que met un clairvoyant moissonneur à recueillir les épis tombés sous sa vigilante faulx, les petits et les humbles trouvent toujours à glaner après lui, et souvent leur maigre gerbe est un appoint précieux.

Je n'ai donc pas cru devoir soustraire mes vers, quelque imparfaits qu'ils soient, au jugement du public: l'ostracisme dont ils ont été l'objet me prouve que ce livre ne sera pas sans utilité.

Mais le principal motif de ma témérité, le voici :

Quoique beaucoup des faits que je flétris ne se renouvelleront probablement plus, espérons-le tous, qui pourrait cependant en répondre ?

Quoique beaucoup des institutions que je fustige ou maudis ont été modifiées, elles l'ont été si peu, que tout notre système politique et surtout économique a impérieusement besoin d'être reconstruit sans retard, sous peine des plus douloureuses calamités, sous peine d'un ébranlement général, d'une conflagration, d'un cataclysme imminents.

La question *sociale* n'a pas fait un pas depuis que les nécessités de la vie du peuple l'ont posée. La lutte entre prolétaires et capitalistes est toujours aussi ardente, aussi envenimée. Le gouffre ouvert sous les pas des travailleurs n'est pas près de se combler; chaque jour l'élargit, au contraire; il est devant nous, béant, effrayant. Les artisans demandent des ateliers, les vieillards demandent des asiles, les enfants demandent des écoles, les femmes demandent leur émancipation, la France demande l'unité, la stabilité; le peuple enfin demande du pain! Nous avons toute une société nouvelle à faire sortir des entrailles de la société ancienne qui se décompose et tombe en ruines...

Il s'agit donc encore, comme il y a trente ans, époque à laquelle j'ai écrit quelques-uns des chants qui composent ce volume, il s'agit donc encore, dis-je, de réveiller l'ardeur de tous, de secouer la torpeur que vingt ans de despotisme ont fait peser sur l'esprit français, d'exciter toutes les forces populaires à la recherche d'une solution immuable et équitable, de trouver une base solide et juste qui permette au producteur de défendre ses respectables intérêts contre les exigences exorbitantes du capital.

Le besoin de bien-être pour tous, de sécurité vitale est impérieux ; le temps presse ; le problème redoutable de la vie à bon marché, de l'équité, de l'union entre toutes les conditions sociales s'impose ; il faut le résoudre coûte que coûte. Tous se doivent à ce grand œuvre.

Les bassesses, les corruptions du règne de Louis-Philippe sont bien finies, il est vrai. Les orgies, la terreur du règne de Bonaparte sont bien enterrées sous le mépris public ; ayons le ferme espoir que nous n'aurons plus à combattre de pareilles infamies ; mais à ceux qui ont subi ces temps néfastes et honteux, nous ne devons jamais permettre de les oublier, afin d'en prévenir le retour, si quelques audacieux liberticides osaient y songer. A ceux qui, nouveaux venus, n'en ont pas ressenti les cruelles atteintes, nous ne saurions trop leur en parler, afin de leur en inspirer le dégoût et l'horreur.

Donc, à ces différents points de vue : antidote ou stimulant, je crois fermement que cet ouvrage aura son utilité. C'est là ma seule ambition.

En ces temps troublés de transformation économique, de rénovation sociale, questions de vie ou de mort pour notre chère patrie, je crois qu'aucune bonne volonté ne doit être tenue à l'écart, aucune force ne doit être négligée ; je me jette donc dans la mêlée avec la conviction d'accomplir un devoir. C'est à ce titre que j'espère être lu avec bienveillance.

Le grand juge : le public, appréciera.

BEN-MILL.

Paris, octobre 1881.

A MES LECTEURS

Ce livre, c'est mon sang, ma chair, mon corps; ce livre
Je l'ai rêvé, vécu, fait et refait, écrit;
Ma vie, à chaque page, à nu, sans fard, se livre,
Ligne à ligne, on me voit, mot à mot on peut suivre,
Entre ces noirs feuillets, mon Être circonscrit...
Ma pensée inquiète inscrite en traits de flamme.
   Est-ce le cri désespéré d'une âme,
      Ou le souvenir d'un esprit?...

En fouillant mon cerveau plein de lourdes ténèbres,
J'entrevois des lueurs, j'entends des bruits lointains;
Restes d'astres éteints sous des vapeurs funèbres,
Cris de vieillards mêlés à des ris enfantins.

      Qu'importe les réminiscences,
      La mort est si près des naissances!

J'ignore d'où je viens, je ne sais où je vais;
Soit qu'ici-bas on naisse ou que d'ailleurs on sorte,
Vivons pour le présent, rendons-le moins mauvais,
Aimons-nous, enseignons la Justice et la Paix !
Mais, lorsqu'un prêtre ment, calomnie ou s'emporte,
Par un cri de dédain, répondons-lui : Qu'importe !

Ce mot me peint vraiment, je n'y puis rien changer.
A vous amis lecteurs, de lire et de juger.

GAULE ET FRANCE

PETITES PAGES D'UNE GRANDE HISTOIRE

ÈRE PAYENNE

De l'ère primitive illustre est la mémoire.
Gaule, ô Gaule! ton nom, vingt siècles l'ont connu,
Cent peuples disparus dans la nuit de l'histoire,
Animés de ton souffle, ont vécu de ta gloire
Dans notre vieille Europe au sol fertile ou nu.
Gaule, le monde entier, de ce temps-là, le Monde,
  Les pasteurs, les guerriers,
Jaloux de mériter ton amitié féconde,
  Enviaient tes lauriers.

2

Des royaumes fondés par toi, sait-on le nombre ?
Gaule, par ton savoir, l'industrie et les lois.
Surgirent du chaos fruste, barbare, sombre...
Le secret bienfaisant de tes hauts faits sans ombre
Gît dans un mot : Vertu ! Dans ce cri : Guerre aux rois!
Gaule, la Liberté refusant ses mamelles
        Aux grands abâtardis,
Nourrissait tes vrais fils abrités sous ses ailes,
        Sous son pavois grandis.

Rome même, l'auguste et l'immortelle Rome,
A cru te subjuguer, elle s'assimila.
Au lieu d'esclaves vils, César, tu trouvas l'homme ;
Ton grand peuple invaincu qu'à bon droit on renomme
Aux Gaulois indomptés, deux géants, se mêla.
Unité du génie, affinité des races,
        Liens forts et touchants ;
Des Vercingétorix, des Brutus, des Horaces
        Le glaive à deux tranchants.

Dans les champs d'Alésia, contre Albe, contre Octave
Sur les pics de l'Averne ou le seuil du Sénat,
Vous frappiez le tyran, vous délivriez l'esclave ;
Soleil, feu bienfaisant ou dévorante lave,

Terrible tribunal ou bénin tribunat.
Le glaive a deux tranchants; l'un rase, extirpe, fauche
Pour le droit déserté.
L'autre sur l'embryon du monde qui s'ébauche
Greffe la Liberté?

Fiers Gaulois, preux Romains, héros des nobles luttes,
Votre gloire trop lourde est un vain souvenir;
Vos neveux mutilés ont, de chutes en chutes,
Pleins du fiel catholique, en d'absurdes disputes,
Eteint le feu sacré, germe de l'Avenir.
Nains perclus, on les vit tristement se débattre,
Honte au front, cierge en main;
Sans voix pour vous maudire et sans nerf pour vous battre
Geôliers du genre humain?

Ah! de la servitude on dore en vain le masque,
Le vainqueur offre en vain jeux, richesse, pardon;
Quand la paix est armée et la justice en casque,
Inquiet, le vaincu, sérieux ou fantasque,
Du paisible olivier fait un rouge brandon...
Quel réveil: des guerriers aux couleurs papalines,
Faux braves et licteurs;

Les matrones, cœurs purs, font place aux Messalines
Les bardes aux rhéteurs.

Tous les fronts se courbaient sous cette noire ligue
Du tyran-roitelet et du prêtre-vautour,
Asservissant les cœurs par la force ou l'intrigue,
Accablant les esprits de dégoût, de fatigue,
Changeant en sourde haine un principe d'amour...
Triste, sans but viril, sans foi, sans espérance,
Désertant le Forum;
O Gaule! tu mourus en léguant à la France
Lutèce et Lugdunum!

ÈRE CHRÉTIENNE

France, tu redoras la gloire de ta mère,
Le souvenir aigu de sa mort trop amère
Guida tes premiers pas.
Les vertus de sa race ont fécondé la tienne,
Son sang pur a gonflé ta veine plébéienne
Et bon sang ne ment pas.

Nobles traditions; dans les douleurs, les fêtes,
Dans les guerres de caste ou guerres de conquêtes,
Toujours l'honneur gaulois
Illumine ton front, conduit ta main rapide;
Son fier esprit se verse avec son vin limpide
Dans la coupe où tu bois.

Des grands siècles d'airain tu refis l'épopée,
De tes vaillants aïeux tu ramassas l'épée
Qu'ils avaient laissé choir.
Tu vainquis si souvent que la défaite même
N'a pu ternir ton front, noircir ton diadème;
Tu ne saurais déchoir.

Lumière de ces temps sans boussole, sans phare,
Les peuples t'acclamaient. Le conquérant barbare
Avide de butin :
Attila le fléau, le farouche Abdérame,
Effrayés, s'arrêtaient devant ton oriflamme,
Où flottait le Destin.

Tu frappais sans merci, dans ces luttes épiques,
Sur ces hordes venant du Nord ou des tropiques,

2.

Sinistres tourbillons.
Huns, Teutons, Sarrasins, race arabe et saxonne,
Tombaient aussi nombreux que le grain qu'on moisso
Dans tes riches sillons.

Oui, tu le comprenais, dans tes flancs gigantesques
Tu portais l'Avenir ! Les richesses mauresques,
Les splendeurs d'Orient,
Ne pouvaient qu'amollir ta fière et mâle audace ;
L'impassible *Fatum* marquait ta noble race
Du sceau vivifiant.

Les peuplades du Nord rudes, fortes, nombreuses,
Manquaient d'âme et de but, qualités généreuses
Des peuples fiers et grands.
L'envie en les dotant d'une fausse vaillance
Les laissa sans espoir quand vint la défaillance
Commune aux conquérants.

Oui, l'histoire a flétri les sanglants capitaines,
Lourds colosses d'orgueil, gonflés de sourdes haines,
Qui sur nous ont passé.
Calamités, pleurs, deuil, germent sous leur étreinte

Ils laissent après eux une sinistre empreinte
    Sur le peuple lassé.

L'ouragan apaisé, la France sérieuse,
Prompte au bien, reprenait la route glorieuse
    De l'immortel Progrès.
Toujours soleil, parfois foudre ou paratonnerre,
Elle harmonisait tout sous sa puissante équerre,
    Oliviers et cyprès.

Mais le grand exploité, le travailleur sans trève,
Rançonné sans merci, s'agitait sous le glaive
    Des Seigneurs, des Barons.
Souvent on entendait craquer quelques entraves,
Dans ce sinistre choc de maîtres contre esclaves,
    Volés contre larrons.

DOUZIÈME SIÈCLE

Après de longs efforts, des souffrances communes,
Quand le Donjon hautain frappé par les communes,

S'est vu découronner ;
Qui donc se montra grand, fier, juste, magnanime?
Le noble tyrannique ou la noble victime ;
Qui donc sut pardonner?

Oui, le peuple fut grand dans sa fureur austère,
Malgré le profond gouffre au bouillonnant cratère,
Qui s'ouvrait noir, béant.....
Il vainquit rudement la résistance folle ;
Sur le vieux privilège il posa son symbole :
Le nain se fit géant.

Heureux de s'affranchir des hontes de la glèbe,
Le peuple s'endormit, l'esclave devint plèbe ;
Il changeait de fardeau.
Mais, mû par la douleur, dans l'orbe d'une étoile,
Ce naufragé viril en quête d'une voile,
Dirigea son radeau.

L'étoile qui brillait dans la nuit de ses rêves,
Dorant l'océan noir ceint par d'arides grèves ;
Fulgurante clarté ;
Qu'il fixait d'un œil fier, comme autrefois les mages,

Rayant les cieux profonds de riantes images ;
       C'était la Liberté !

Rien ne fit dévier sa tige droite et ferme.
L'honneur immaculé que le peuple renferme
       Dans ses flancs producteurs ;
A su vaincre les rois, tyrans embryonnaires,
Que les valets nommaient grands, justes, débonnaires,
       L'Histoire : destructeurs.

Destructeurs de nos biens, corrupteurs de nos âmes,
Bourreaux de nos enfants et ravisseurs infâmes.
       Sous ces honteux pennons ;
Au nom d'un Dieu de paix, au nom du Christ austère,
Rois et prêtres ligüés, enveloppaient la terre
       D'archers et de canons.

Ainsi que du bétail parqué dans une étable,
N'ayant pas place au feu, n'ayant pas place à table,
       Déjà las au soleil levant ;
Courbé sous le fouet vil des nobles talons rouges,
Jaune, terreux, perclus, au fond de sombres bouges
       Suant, geignant, crevant !.....

Le peuple en sa misère, affaissé sous la dîme,
Espérait, espérait..... L'espoir luit dans l'abîme ;
L'incrédule a sa foi.
Du seuil de son cachot il percevait l'aurore,
De son bâillon sortait une voix ; cri sonore :
Lazare lève-toi !.....

1789

Oui, la Liberté sainte, une, forte, féconde
Sur les débris épars et sanglants du vieux monde,
Fonde un Monde nouveau.
La Loi va mettre un frein au bon plaisir des princes ;
Nous n'aurons qu'une France au lieu de vingt provinces,
Qu'un cœur et qu'un cerveau.

A saint Barthélemy, lâches arquebusades,
Au pacte de famine après les dragonnades,
Répondra le tocsin.
La Bastille a croulé sur sa base sanglante,
Sur le Louvre une main à la chair pantelante
Grave un mot : Assassin !

Contempteurs de nos Droits, vils tyrans de la France,
La Justice en sonnant l'heure de délivrance
      Crie : Il est temps d'agir.
Jusqu'au jour envié des Libertés prochaines
Jusqu'à l'apaisement des séculaires haines
      Le Lion va rugir.

Il a brisé d'un coup de sa griffe puissante
Les fers qui l'enchaînaient. Vers l'aube éblouissante
      Loin des noires prisons.
Libre, il s'est élancé, secouant sa crinière,
Il découvre en sortant des fanges de l'ornière
      De brillants horizons.

O ! quatorze Juillet, quatre Juin, dix Août ; dates !
Vous rayonnez encore en lueurs écarlates
      A nos yeux éblouis.
Sous l'orage gonflé par vingt siècles de haines,
Droit divin, royauté, privilèges, fers, chaînes ;
      Se sont évanouis.

Rien ne put arrêter les farouches colères ;
Aux crimes féodaux les fureurs populaires

Répondaient sans merci...;
Laissons ces tristes jours dans l'ombre sépulcrale ;
Après tant de douleurs la vengeance fatale
          Devait finir ainsi.

Sur les vieux oripeaux du trône catholique
Le fier Peuple-Lion posa la République ;
          Loi de Fraternité.
Sous le joug féodal, longtemps bête de somme,
Il se fit citoyen au nom des *Droits de l'Homme*
          Et de l'Egalité,

Ah ! ne maudissons pas les siècles en Genèse ;
Le Passé, le Présent dans l'humaine fournaise
          Devront s'amalgamer.
L'Avenir comblera ce dévorant cratère,
En fixant le Bonheur et la Paix sur la terre
          Par un seul mot : Aimer !

. . . .
. . . .

1850

La nuit profonde et noire enveloppe le Monde
Comme un linceul hideux sur un charnier immonde ;
Le silence, la peur plane sur l'horizon,
Chaque homme est un forçat dans sa propre maison.
Partout misères, deuil, bassesses, infamies,
Partout, Peuple, partout, de tes lèvres blêmies
Tombent des mots navrants ou des cris de fureur
Que t'arrache des rois la sanglante terreur.
Sujet, tempête, gronde, écume, sacre, rage ;
On rit : Toute colère énerve le courage.
Les traîtres, les peureux, leurs femmes et leurs fils
Se prosternent, priant aux pieds du crucifix,
Résignés ou croyant aux mensonges d'un prêtre
Et rampent lâchement sous les talons du maître.
Pendant que droit, honneur, vertu, justice : Tout !
S'annihile étouffé, raillé, toujours, partout ;
Pendant que la douleur, le désespoir t'oppresse,
Pendant que la famine à ton chevet se dresse ;
Regarde tes tyrans : Pape, nobles et rois

Se gorgent de plaisirs entre canons et croix !
Ton labeur entretient mignons et concubines,
Ta sueur rafraîchit leurs porte-carabines,
De ton sang généreux ils dorent leurs valets
Sur tes os entassés bâtissent leurs palais.
Et pour jouir en paix d'un repos délectable
Menacent du bourreau, du cachot ou du diable !...

Par hasard quelques cœurs dévoués et fougueux,
Fils des fiers Cénevols, des Jacques ou des Gueux,
Rompent quelques anneaux de la pesante chaîne
Que les rois ont rivée à la raison humaine ;
Attaquant corps à corps Eglise ou Royauté,
Inquisiteur féroce ou gendarme éhonté.
Aux cuirasses de fer n'opposant dans les rues
Qu'un courage héroïque et leurs poitrines nues ;
Arrachant par la force aux lâches oppresseurs
Quelques droits incomplets, quelques fausses douceurs
D'âge en âge ils plantaient des jalons sur la route
Qui conduit au progrès; dans leur sang goutte à goutte
Noyant la tyrannie à l'instinct clérical,
Pierre à pierre ils broyaient le château féodal
Brin à brin ils tressaient le lien social...

Mais le Peuple aujourd'hui bien rarement s'indigne
Il s'enrichit ou boit, fume et pêche à la ligne,
Sans honte sous le joug courbe humblement le front;
Le prêtre l'abrutit, le tyran le corrompt!

Si parfois un cœur fier, une âme indépendante,
Un esprit généreux à la parole ardente,
Tâche de réchauffer notre vieux sang gaulois,
Condamne les tyrans en invoquant les Lois,
Toujours un trembleur crie : Un gibet se dessine,
Les dragons sont tous prêts pour la charge assassine
Craignons de Transnonain, craignons de Saint-Merry
Les massacres affreux, tant d'hommes ont péri;
Pouvons-nous faire mieux que ne fit la Croix-Rousse,
Le temps n'est pas propice, on est en lune rousse;
Attendons, complétons tous nos préparatifs;
Maintenant nous serions mitraillés ou captifs...

Allons, vous avez peur; effacez donc la trace,
Timides héritiers, de cette mâle race
Qui fit trembler les rois, qui fit pâlir les cieux,
Mit sur tous les abus son pied audacieux :

Vos pères sont tombés pour sauver un principe
Et sous leur échafaud le monde s'émancipe !
O ! Desmoulins, Marat, Robespierre, Danton !
Quand donc dans nos cités un temple à son fronton
Portera-t-il vos noms, resplendissant de gloire,
A la postérité rectifiant l'Histoire !

Oui, vous, leurs héritiers, après trente ans de deuil,
Vous n'osez pas, ô honte ! honorer leur cercueil ;
Vous chassez un *bedeau* pour asseoir à sa place
Un *usurier*, nommant le Peuple populace,
Qui devant l'étranger baissait son pavillon ;
Sire quenouille au lieu de *sire goupillon.*
Hélas ! pendant vingt ans vos luttes furent vaines,
Vous avez craint tarir le sang mou de vos veines ;
Et quand sous le mépris, l'impopularité
Tomba ce roi bâtard, sans cœur, sans dignité,
Quand de vaillants penseurs sur ce vieux trône obliqu
Comme en quatre-vingt-neuf posaient la Républiqu
Vous étiez si tarés, avachis et perclus,
Qu'un traître a pu songer à chasser vos élus.

1851

N'étaient-ce pas assez de sueurs et de larmes,
D'esclavage et de sang, de cruelles alarmes;
N'avions-nous pas assez de martyrs, de proscrits,
De misères, d'effroi, de corps morts ou meurtris...
Les cris de nos enfants, les sanglots de nos femmes,
N'avaient plus le pouvoir d'électriser nos âmes;
Horreur ! fallait-il donc pour nous aiguillonner...
Qu'un sinistre bandit osât se couronner...
Alors c'était trop tard !

La République morte,
Il fusille, il torture, emprisonne et transporte,
Il bâillonne, il proscrit, décrète la terreur,
Et sur la France en deuil se *bombarde* empereur.

Honte sur vous, soldats de ce second Brumaire
Plus infâme cent fois, cent fois plus sanguinaire;
Généraux besoigneux, tous à vendre ou vendus,
Au rôle d'assassins vous êtes descendus.

3.

Honte, honte sur vous, sombres traîneurs de sabres
Les brigands des maquis, des sierras, des calabres
Vous choisiraient pour chefs, ravis, émerveillés
En voyant sur vos fronts le sang des mitraillés.

Prêtres, honte sur vous, sur vous prélats et pape,
Vous, qui jetiez le Christ aux pieds de ce satrape,
Qui livriez l'Evangile à ce fangeux Néron ;
Cartouche couronné, plus vil qu'un vil larron.
Honte, honte sur vous, qui bénissiez ce crime,
Qui sur ce noir forfait préleviez une dîme,
Qui pour être chanoine, évêque ou cardinal
Absolviez ces bourreaux et leur chef infernal.
Trois fois honte sur vous, vous qui, pour une mître,
Une crosse, un palais, à cet empereur-pitre,
Vendiez, livriez le Peuple et le Christ et sa croix :
Judas fut moins abject !...

                    Vous, gardiens de nos Lois
Sénateurs, magistrats, juges haineux, parjures,
Loin de cicatriser nos profondes blessures,
Vos iniques arrêts nous livraient au bourreau
Pour un collet d'hermine ou la pourpre au manteau

Sept fois honte sur vous, ô juges mercenaires,
Vous parlait-on d'honneur, vous compreniez salaires ;
Ce mot donne la clef de votre dévoûment,
Simple échelle mobile, un taux d'émargement.

La Liberté veillait. La bande impériale,
Opprobre du pays et lèpre sociale,
Souillait Droit et Justice, étouffait la Raison ;
La France était changée en préau de prison !

1870

Quand Septembre surgit, la vendange était mûre ;
De formidables cris sortent d'un long murmure,
    Au Forum on nous vit courir.
L'ennemi que l'empire a jeté sur la France
Ne pouvait nous ravir la suprême espérance,
    Libres, de vaincre ou de mourir !

Oui, l'empire est tombé dans le sang et l'orgie,
Ivre, affaissé, bavant sur la nappe rougie

Du festin qui dura vingt ans.
Aux Teutons affamés, des lâches après boire
Ont vendu leur pays, ont livré notre gloire :
Vieux drapeaux et fiers combattants.

Mais le Peuple debout renia Bonaparte,
Paris s'est redressé, l'ombre de Rome et Sparte
Planait sur ses murs assiégés.
Pour chasser l'étranger souillant notre frontière,
La France s'est levée, ardente, digne, entière,
Au nom des grands droits outragés.

Chaque homme est un héros, chaque ville une gloire;
Partout, des bords du Rhin, aux rives de la Loire,
La mort illustra les affronts.
Reischoffen, Strasbourg, Metz, Nuits, Beaune-la-Roland
Chateaudun, Saint-Quentin, votre héroïque offrande
Voile la honte de nos fronts.

La faim même n'a pu briser notre courage;
Vieillards, femmes, enfants bravaient la sombre rage
Du reitre féroce et pillard.
L'armée organisée en cupides patrouilles,

Comme des malandrins s'arrachaient nos dépouilles
         Pour dorer Berlin et Stuttgard.

Trahis par la victoire, après tant d'héroïsme,
En un dernier effort de grand patriotisme,
         Nous leur jetons nos sacs d'écus.
Dans la boue et le sang le Teuton les ramasse ;
Nous tombons, nous, les fils de la France trop lasse,
         Epuisés sans être vaincus !

L'or n'est rien. Gorgez-vous... Mais, ô ! douleur amère !
César inassouvi du viol de la mère,
         Ose lui voler ses enfants.
A son sinistre char, sanglantes, il enchaîne
Sans merci, sans pitié, l'Alsace et la Lorraine ;
         Jouets des soudards triomphants.

C'est là votre grand crime, il est bas, lâche, ignoble !
Pour châtier le rapt toute vengeance est noble ;
         Histoire enregistre ce vœu :.
Nous revendiquerons la Lorraine et l'Alsace,
Sans trève ni repos, par ruse ou face à face,
         De père en fils, d'oncle à neveu.

Le temps cicatriseur des plus fortes blessures,
Eût voilé le stigmate honteux de vos morsures
        Sous nos dédains, sous nos mépris.
Mais à la voix plaintive et sourde de nos frères
Nous sentirons toujours bouillonner nos colères;
        Et nous répondrons à leurs cris.

Tout se peut oublier : pillages, perfidies,
Terreur, ruines, morts, massacres, incendies;
        Sous les efforts d'un long travail.
Mais, le berger ne rentre et ne dort sous l'ombrage,
Que quand tous ses troupeaux sont soustraits à l'orage
        Et tous les agneaux au bercail.

Douceur, astuce, force, oh! vous avez beau faire,
Vous serez impuissants. Comment les satisfaire;
        Ils sont Français et non Germains.
Nulle concession, bienveillante ou dorée,
N'affaiblit leur amour pour la grande éplorée;
Par-dessus la frontière ils nous tendent les mains!

GLAS ET TOSCIN

CHANTS ET CHANSONS

HUMANITAIRES ET PATRIOTIQUES

Je n'ai jamais flatté que l'infortune.
BÉRANGER.

VIVE LA RÉPUBLIQUE !

—

Tes enfants, Patrie opprimée,
Depuis des siècles dans les fers.
Malgré leur vieille renommée,
Sont morts, ont gémi, ont souffert;
Mais, par un effort énergique,
Des cœurs fiers, généreux et grands
Ont proclamé la République. } bis.
    Haine à tous les tyrans !

Il s'est levé le jour de gloire,
Le peuple a reconquis ses droits ;
Ce doit être un jour de mémoire
Que le jour qui voit fuir les rois !

Sous l'effondrement monarchique
Disparaîtront les conquérants.
Vive à jamais la République! }
    Haine à tous les tyrans! } *bis.*

Retirez-vous, rois sacrilèges,
Faites place à la Liberté;
Elle abolit les privilèges
Et décrète l'égalité,
L'union, le bonheur civique;
Les travailleurs en sont garants.
Vive à jamais la République! }
    Haine à tous les tyrans! } *bis.*

Bénie est la sainte devise
Du peuple saine déité;
Que la terre vous soit soumise,
O fécondante trinité!
Sous vos rayons la paix publique
Immortalisera nos rangs.
Vive à jamais la République! }
    Haine à tous les tyrans! } *bis.*

LA REVANCHE

Air : *T'en souviens-tu ?*

Partout des morts ! Dans les champs, sur la route,
Fermes, maisons, villages, tout brûlait !
Tristes débris d'une armée en déroute,
Près d'un enfant un Alsacien râlait ..
Puis il s'écrie, oubliant sa souffrance,
Montrant la plaine à son fils plein d'effroi :
« Quand sonnera l'heure de la vengeance, (1)
« Souviens-toi bien, mon enfant, souviens-toi !

(1) Dans plusieurs journaux, et deux surtout m'en font un crime, on m'a reproché d'exciter à la vengeance. — Biffez ce mot atroce, m'a-t-on dit, et remplacez-le par *délivrance*. — Quoi ! voici un homme qui combat les ennemis de sa patrie, qui défend ses foyers; il a vu ses champs saccagés, sa maison en flammes ; il a vu, horreur ! sa femme et sa fille violentées, massacrées par des soudards féroces ; et cet homme, ce mari, ce père, cet Alsacien blessé, mou-

« Ils sont venus, le mensonge à la bouche
« Quatre contre un piller notre pays ;
« Prussiens, Saxons, Bavarois à l'œil louche,
« Sèment la mort aux foyers envahis :
« Ta sœur, ta mère ont péri sous la lance
« De ces maudits sans honneur et sans foi :
« Quand sonnera l'heure de la vengeance,
« Souviens-toi bien, mon enfant, souviens-toi !

« Guillaume a dit : La guerre n'est point faite
« Au peuple Franc trop longtemps opprimé ;
« Moltke et Bismarck, raillant notre défaite,
« Ont répondu : Droit par Force est primé.
« Famine et fer, feu, terreur, arrogance,
« De nos Cités précèdent le convoi :
« Quand sonnera l'heure de la vengeance,
« Souviens-toi bien, mon enfant, souviens-toi !

« Ils ont brisé, ces Teutons, ces barbares,
« Tous les élans de la Fraternité.

rant, devrait pardonner et, en toute justice, n'a pas le droit et le
devoir de conseiller la vengeance au dernier de sa race !..... Mais
ce serait une dérision ! et je plains les Français qui ne le comprennent pas.

« Pour ces bandits, Justice, tu prépares
« Le châtiment de lèse-humanité...
« Adieu, je meurs... Vis et songe à la France,
« Espère, attends... Quand notre grand beffroi
« Sonnera l'heure ; ardent à la vengeance
« Souviens-toi bien, mon enfant, souviens-toi !

4.

LE DENIER DE LA FRANCE

—

Air : Le Palais des Papes.

Français, souvenons-nous de nos gloires passées,
Dans les jours de malheur un noble souvenir
Console et donne espoir aux âmes oppressées ;
Fermes, ayons du cœur, songeons à l'avenir.
Nous avons tout perdu... Fors l'honneur ; l'honneur res
Sous les fils d'Attila nous tombons invaincus
Leur basse envie exige, O Justice ! proteste !
En leur jetant nos sacs d'écus,

REFRAIN

Riches, pauvres, donnez ; donnons, fils de la France.
Pour votre Mère, enfants, payez avec orgueil
L'obole de rançon, denier de délivrance ;
Tendons la main, quêtons pour la Patrie en deuil !

N'étaient-ce pas assez des ruines fumantes,
Du pillage, des vols dans nos riches Cités ;
Vous étiez donc jaloux des courses infamantes
Des Teutons, vos aïeux, avec horreur cités.
L'histoire au fouet vengeur vous flétrira, barbares,
Nos beaux-arts, nos trésors vous tentaient, vils vautours ;
Puisqu'il vous faut de l'or, allons, prenez, avares :
     La France brille sans atours.

REFRAIN

Riches, pauvres, donnez ; donnons, fils de la France,
Pour votre Mère, enfants payez, avec orgueil
L'obole de rançon, denier de délivrance ;
Tendons la main, quêtons pour la Patrie en deuil !

Mais lorsque vous aurez restauré vos guenilles,
Recouvert vos haillons d'un manteau brodé d'or,
Depuis votre César jusqu'aux moindres familles ;
Vous serez toujours gueux et plus ladres encor.
De pillard, votre nom, sera le synonyme,
Il sera buriné sur tous les piloris.....
Chaque jour voit doubler l'espoir qui nous anime ;
     La Liberté soutient Paris !

REFRAIN

Riches, pauvres, donnez; donnons, fils de la France,
Pour votre Mère, enfants, payez avec orgueil
L'obole de rançon, denier de délivrance.
Tendons la main, quêtons pour la Patrie en deuil !

Bientôt, lorsqu'à prix d'or, soudards, reitres avides,
Du sol que vous souillez nous vous aurons chassés;
Lorsqu'auront disparu vos empreintes livides,
Lorsque les jours de deuil enfin seront passés,
Nous serons transformés, instruits par l'infortune,
Régénérés, grandis, des Alpes à la mer,
Debout, nous compterons, mais à l'heure opportune
    Au lieu d'or, ce sera du fer !

REFRAIN

Riches, pauvres, donnez; donnons, fils de la France
Pour votre Mère, enfants, payez avec orgueil
L'obole de rançon, denier de délivrance.
Préparons le réveil de la Patrie en deuil !

LE TE DEUM

Air : *Ah! si les morts sortaient de leurs tombeaux!*

Mettez en branle un des plus gros bourdons;
Heureux Français, au son joyeux des cloches,
A Notre-Dame, allez, nous commandons
Un *Te Deum*, j'ai des *oui* plein mes poches...
Mais une voix, vibrante de fierté,
A répondu : « Bandit! je suis Française;

Mon *Te Deum*, c'est notre *Marseillaise :*⟩
Peuple, chantons, chantons la Liberté! ⟩ *bis.*

Canons, tonnez, battez aux champs, tambours,
Prêtres, ouvrez la vieille basilique;

Bénissez bien ce vainqueur des faubourgs :
L'Empire est fait, morte est la République.
Ce sauveteur de la société
A tant besoin que le remords se taise... .

Mon *Te Deum*, c'est notre *Marseillaise :*
Peuple, chantons, chantons la Liberté ! } *bis.*

Avançons-nous, regardons défiler
Les gros bonnets, les grosses épaulettes;
Tous ces vautours savent se faufiler
Entre les rangs des fortes baïonnettes.
Ces défenseurs de la propriété
Dévotement nous pillent à leur aise.

Mon *Te Deum*, c'est notre *Marseillaise :*
Peuple, chantons, chantons la Liberté ! } *bis.*

Qui passe là ? C'est l'escroc africain,
Accompagné d'un bâtard à l'œil morne ;
Plus loin, je vois un juge ultramontain
Près d'un évêque au rougissant tricorne.

Des blancs, des bleus, noirs et verts : Tout compté,
Nombre fatal, ils sont quatre-vingt-treize (1).

Mon *Te Deum* c'est notre *Marseillaise !* ⎱ *bis.*
Peuple, chantons, chantons la Liberté ! ⎰

Depuis hier, tous ces noirs chevaliers,
Fils déclassés et vieillards sans ressources,
Soudards tarés, besoigneux familiers,
A l'Elysée ont redoré leurs bourses.
L'honneur, la Loi... rien ne fut respecté.
Leur chef sanglant sur la morale pèse.

Mon *Te Deum* c'est notre *Marseillaise !* ⎱ *bis.*
Peuple, chantons, chantons la Liberté ! ⎰

Ces mirmidons, fiers comme des géants,
Sont appuyés sur de vieux invalides ;
Nous, les Proscrits, gueux, relaps, mécréants,
Nous reviendrons, plus forts, plus intrépides.

(1) Voir la liste des adhésions publiées à l'*Officiel,* le lendemain
du coup d'Etat sanglant de décembre 1851.

Un de nos fils, un vaillant transporté,
Entonne encore, en quittant la falaise,

Pour *Te Deum* la mâle *Marseillaise* : ⎱
Peuple, chantons, chantons la Liberté ! ⎰ *bis.*

Ils sont venus comme autrefois Mandrin,
Rampant, la nuit, dans l'ombre humide et noire,
Ivres de sang, de luxure et de vin,
Tuant, pillant, comme on danse après boire...
Mais tout à coup, sous l'aigle épouvanté,
Quatre-vingt-neuf rallume sa fournaise.

Mon *Te Deum* c'est notre *Marseillaise !* ⎱
Peuple, chantons, chantons la Liberté ! ⎰ *bis.*

MISERERE !

—

Air : *Elle aime à rire, elle aime à boire.*

Vainement je poursuis la rime,
Je ne trouve plus de sujet
Qui ne fasse le noir trajet
Chez le censeur où tout est crime.
Le flatteur seul est toléré.
Cédons la place aux mercenaires :

Allons, chansonniers populaires, } *ter.*
Entonnez un *Miserere !*

Quand nous excitons le courage
Du Peuple honnête et travailleur,

Montrer un avenir meilleur
A la Loi c'est faire un outrage.
Cet acte, aussitôt censuré,
Des faibles brise l'espérance :

Vous qui soulagez la souffrance, *\} ter.*
Entonnez un *Miserere !*

Quand nous rappelons la conquête
De nos Libertés, de nos Droits,
Arrachés aux puissants, aux rois,
Une cellule est toujours prête ;
Frappez sur ce monstre altéré !
S'écrie un substitut cynique :

Défenseurs de la République, *\} ter*
Entonnez un *Miserere !*

Si nous résumons la morale
Que tout homme porte en son cœur,
Cagots, cafards, enfants de cœur
Se signent, en criant : scandale.

Rire un peu d'un gras tonsuré
C'est nier Dieu, le méconnaître :

Vous qui prenéz le Christ pour maître,
Entonnez un *Miserere !* } *ter.*

Les temps prédits par le prophète
Radieux, s'avancent vers nous,
Le peuple de ses droits jaloux
Sortira grand de la tempête.
Le vieux monde usé, délabré,
Chancelle et croule sur sa base :

Tyrans que la Justice écrase,
Râlez votre *Miserere !* } *ter.*

LE MOINE ROUGE

—

Légende bretonne. — Air à noter.

La neige de janvier, le givre,
Tombent aux rafales du vent ;
Que Notre-Dame nous délivre,
Vite un signe de croix fervent.
    Voyez sur le vieux dôme,
    Du cloître abandonné,
    Se dresser le fantôme
De Plouernel, moine damné !

Du moine rouge, la légende,
Fait frémir au coin du foyer.
Ah ! que saint Michel nous défende
Lorsque Gonthram va guerroyer.

Mais, toujours la mer gronde,
L'ouragan déchaîné
Siffle comme une fronde ;
C'est la voix du moine damné !

Voyez comme son œil creux brille,
Il jette un feu sinistre en mer ;
Ne sort pas, prends garde, ma fille,
Songe à Katelik de Kemper :
On l'enterra vivante,
Avec son nouveau-né,
Malgré son épouvante ;
Par l'ordre du moine damné !

Plouernel ravisseur, infâme,
Depuis ce temps vient à minuit
Chanter lorsque s'envole une âme ;
Un cortège infernal le suit.
Au fort de la tempête,
Ce démon forcené,
A cris aigus répète :
Malheur à vous, je suis damné !

MAZAS !

———

Air : *Amis du pouvoir* (Badinguette).

Triste Ducray, sombre Radcliffe
    Noirs conteurs,
Armez votre fatale griffe
    Fiers auteurs ;
Dites-nous comment des ministres
    Courtisans,
Flattent les passions sinistres
    Des tyrans.
Pleins de venin, de peur, de rage,
    A bas bruit,
Ils frappent l'homme de courage
    Jour et nuit !

RÉFRAIN

Silence, terreur,
Solitude, horreur,
Soucis et fantômes,
Sous ces tristes dômes,
Au sombre horizon,
Troublent la raison !

Ainsi que les donjons funèbres,
    Les castels ;
Ces murs, bien autrement célèbres,
    Sont mortels.
Soupirs, désespoir, pleurs, prières,
    Cris, sanglots,
Tout s'éteint sous ses froides pierres
    Sans échos.
Ces lieux dont le sommeil s'écarte,
    Débarras,
Des vengeances de Bonaparte
    C'est Mazas !

Bastilles, fosses, citadelles,
    Fers, cachot,

Plombs brûlants, aux vapeurs mortelles,
    Pal, garrot,
Spielberg, tour d'un pape en furie,
    Édimbourg,
Bedlam, mines de Sibérie
    Tour à tour ;
Vos tourments, Mazas les renferme,
    Leurs effets,
Dans le crâne ou sur l'épiderme
    Sont complets !

D'après les cruelles réformes
    Des tyrans,
Les cellules sont uniformes,
    Sur deux rangs.
Six pas sur trois, cette surface
    Vous conduit,
A faire douze pas sur place
    Quel réduit !
Un hamac pâteux, table et chaise ;
    Au besoin
Un ventilateur vous sert d'aise,
    Dans un coin !

Le pain, le vin ; la nourriture
De prison,
N'est qu'une ignoble pourriture,
Lent poison.
La ration est si peu lourde
Que certain
Mange son pain, vide sa gourde
Le matin.
Un homme alerte, vif et jeune,
Sans argent,
Subit chaque soir un long jeûne
En songeant !...

Pour vous distraire un lieu se nomme
Promenoir,
Vous entendez marcher un homme
Sans le voir :
Grands murs en coin, fermés de grilles
Noir filet ;
Ainsi qu'au jardin des gorilles
Moins l'effet
De la foule que l'ours attire,
Fier lourdaud ;

Des nourrices riant du rire
  D'un badaud !

Si vous obtenez la visite,
  Au parloir,
Sans regarder courez bien vite
  Pleins d'espoir...
Hélas ! dans une niche étroite
  A trois pas,
Chaque mot s'estropie ou boite,
  Parlez bas.
Amis et femme, affreux supplice,
  Ayez soin
D'être prudents, car la police
  N'est pas loin.

Entre ces murs froids, tristes, sombres,
  Par hasard,
On voit errer de pâles ombres,
  L'œil hagard.
Les gardes, automates mornes,
  Idiots,

D'un geste lent montrent les bornes
    Des cachots ;
Leur politesse est un sarcasme
    Leur bonjour,
Double les horreurs du marasme,
    Chaque jour !

L'homme généreux, probe, austère,
    Dévoué.
Aux droits sacrés du prolétaire,
    Est voué
Aux tourments de ce nouveau bagne
    Plus affreux
Que l'inquisition d'Espagne
    Et ses feux.
Là s'abrutit l'intelligence,
    Le moral
Se brise, effrayé d'un silence
    Sépulcral !

Quelque destin que vous réserve
    L'avenir ;

Que votre étoile vous préserve
De venir
Ne fût-ce que pendant une heure,
En ces lieux,
Où même la vie est un leurre
Odieux.
Où l'effroi de la solitude
Est si fort,
Qu'on en conserve l'habitude
Quant on sort !

Quand le secret sur votre porte
Est assis,
Rien n'entre que votre cohorte,
Noirs soucis...
Quand du régime cellulaire,
Vous vantez
L'effet moral et salutaire,
Vous mentez !
Jours amers de mélancolie,
Nous dit-on,
Comment s'entretient ta folie,
Charenton !

Nous dit-on combien aux hospices
          Vont guérir
Leurs dégoûtantes cicatrices,
          Ou mourir !
Combien, troublés par la souffrance,
          Qui les mord,
Cherchent l'oubli, la délivrance
          Dans la mort !
Pour tant de sombres agonies,
          O bandit !
Nous te vouons aux gémonies !
          Sois maudit !

Silence, terreur,
Solitude, horreur,
Soucis et fantômes,
Sous ces tristes dômes
Au sombre horizon,
Troublent la raison.

L'ACIER

—

Mot donné au concours, dans une réunion d'auteurs chansonniers. A obtenu le 3e prix sur 17 concurrents.

Air : *Le Dieu des bonnes gens.*

Tous les auteurs, suivant leur caractère,
Vous ont chanté l'univers et son Dieu,
L'azur du ciel, les beautés de la terre,
Le fer et l'eau, la tempête ou le feu.
Du vieux Parnasse en gravissant la rampe,
Je ne veux pas être un vil besacier;
Dans l'inconnu ma Muse se retrempe :
    Je vais chanter l'acier. (*Bis.*)

Voyez cet homme au front couleur de bronze,
De la bataille affronter les hasards,

Ce Suédois, preux fils de Charles onze,
Vainquit souvent le plus vaillant des czars.
Si du progrès il eût compris la marche,
La Liberté l'eût pris pour justicier ;
Des droits du peuple il eût reconstruit l'arche,
      Avec son bras d'acier. (*Bis.*)

Cent ans après, un soldat de brumaire,
Ambitieux, ennemi de tous droits,
A relevé le pouvoir arbitraire,
Jeté la France, inerte, aux pieds des rois.
Il aurait pu, si grand fut son génie,
Sceller la paix... Mais dur et tracassier,
Il méconnut les lois de l'harmonie :
      Son cœur était d'acier.   (*Bis.*)

Depuis le Christ, combien de nobles âmes,
Prêchant la paix, le bonheur des humains,
Ont vu taxer leurs principes d'infâmes,
Leurs jours trancher par de coupables mains.
Si la clarté dorait nos nuits-funèbres,
Que ferait l'aigle à l'instinct carnassier ?

Couvert de sang... il retient les ténèbres
    Sous ses serres d'acier.   (*Bis.*)

Vous le savez, la Gaule primitive
Etait heureuse en sa simplicité ;
Du producteur la vigilance active
Entretenait partout l'égalité.
Peuple reviens à cet état si digne,
D'amour du bien, de travail nourricier ;
N'arme ta main que pour tailler la vigne,
    Doux rôle de l'acier.   (*Bis.*)

Malgré les vents, la tempête et la foudre,
Qui tour à tour viennent fondre sur nous,
L'humanité marche sans se dissoudre
Sous les efforts des tyrans en courroux.
Un météore a sillonné les nues ;
Laissons fleurir le rameau d'olivier
Et n'employons qu'au soc de nos charrues
    Le tranchant de l'acier.   (*Bis.*)

LES VERTUS THÉOLOGALES

—

Juifs, protestants, païens ou catholiques,
Ne crions plus haro sur le Progrès ;
Soyons croyants, sans être fanatiques,
Religions, voilez vos noirs cyprès,
Souvenons-nous des maximes du sage
Qui transforma d'un mot le genre humain ;
Du vrai bonheur son code est le message : } *bis.*
Marchons, le Christ a tracé le chemin !

Ce premier mot fut un espoir immense.
Déshérités, faibles, ne pleurez plus ;
Libres, unis, méprisez la démence
Des vils tyrans, aveugles et perclus.

6.

La vérité va remplacer le doute,
Marchez ensemble en vous donnant la main ;
Ne craignez pas de tomber sur la route,
Quand l'Espérance aplanit le chemin ! } bis.

La Liberté fécondera la terre,
Malgré les cris des sots et des cafards.
Brisons de Mars le sanglant cimeterre,
Fraternité, plante tes étendards.
Relève-moi, frère si je succombe,
Fort à mon tour, peut-être que demain
J'arracherai tes membres à la tombe ;
La Charité rend la vie en chemin ! } bis.

Levons les yeux vers le but de la course,
Le bien, le mieux, pour l'homme, a tant d'attraits.
Nous avons soif, il faut chercher la source,
Pour boire un jour le bonheur à longs traits.
Si la fatigue, un instant nous arrête,
Songeons à ceux que tourmente la faim.
Recueillons-nous et bravons la tempête, } bis.
La Foi jamais ne trébuche en chemin !

Chacun de nous se sent fort comme un monde,
La Charité, l'Espérance, la Foi,
Loin de nos cœurs chassent la peur immonde;
Nous sommes prêts pour le prochain tournoi.
Gras Pharisiens, Césars, princes des prêtres,
Souvenez-vous du bon Samaritain.
Petits, hier, demain, nous serons maîtres, ⎞
Marchons, le Christ a tracé le chemin! ⎠ *bis.*

LES QUATRE AGES DE L'ARTISAN

—

Air : *Muses, pleurez, Hégésippe n'est plus.*

Le vent soufflait à travers la muraille,
Et sur le toit un hibou gémissait.
Dans un grenier, sur quelques brins de paille,
Près de sa mère un enfant vagissait.   (*bis.*)
D'un tendre amour, c'était le bien doux gage.
Mais la misère avait tari son sein.....
De l'artisan voici le premier âge :
Dans sa mansade, il naît sans feu, sans pain ! (*ter.*)

Malgré l'effort que ton corps grêle accuse,
Une fabrique attend tes faibles bras ;
Le vert-de-gris, l'acide, la céruse,
Usant ta force, hâteront ton trépas.   (*bis.*)

Un exploiteur, ignoble agiotage,
En te tuant centuplera son gain...
De l'artisan voici le deuxième âge;
Contre sa vie il échange son pain!   (*ter.*)

Lorsque homme fait, l'ardent clairon résonne,
Point de travail, esclave des tyrans;
Monsieur le Comte a son fils qui frissonne,
Pour l'exempter, il offre quelques francs.   (*bis.*) (1)
A ce Français, qui manque de courage,
Tu vends ton sang... Mais ta mère avait faim!
De l'artisan voici le troisième âge;
Sous la mitraille il ramasse son pain!   (*ter.*)

Plus vieux, l'amour, qui transforme la vie,
Pourrait calmer ses cruelles douleurs;
Mais rarement la misère assouvie,
Sur son hymen a semé quelques fleurs.   (*bis.*)

(1) Cette chanson a été écrite à une époque où les agences des remplacements militaires fonctionnaient sans vergogne. Mais, même depuis l'abolition de ce honteux trafic, le prolétaire a supporté, et supporte encore aujourd'hui, tout le poids du lourd impôt du sang.

Et ses enfants... Ah! voilons cette page :
Il est affreux de tendre un jour la main!
De l'artisan voici le dernier âge ;
Dans sa mansarde il meurt sans feu, sans pain *(ter.)*

LE DERNIER AMI

Air du *Vieux Sergent*.

O ! mon bon chien, tu caresses ton maître ;
Nous n'avons plus qu'un seul morceau de pain :
Pour le malheur le destin m'a fait naître,
Souffrons, ami, la misère et la faim !...
Si je frappais aux portes opulentes ?
Non, leur accès est toujours interdit
Au travail libre et sans lettres patentes : } *bis.*
L'artiste meurt quand l'intrigant grandit !

Quand je sentis le feu qui me dévore,
Quand le génie a fait bondir mon cœur,
J'entrevoyais l'antique gloire éclore
Et des jaloux j'étais l'heureux vainqueur.

Ah ! Raphaël, je te voyais en songe ;
Mais l'avenir que tu m'avais prédit
La sombre envie en a fait un mensonge : }
L'artiste meurt quand l'intrigant grandit ! } *bis.*

Que reste-t-il de mes rêves candides ?
Déceptions ! des regrets et la mort.
Peut-être après des brocanteurs cupides
Profiteront de mon malheureux sort.
Ils béniront, alors, ma main hardie
Qui de besoin, hélas ! s'appesantit ;
L'amour de l'art est une maladie : }
L'artiste meurt quand l'intrigant grandit ! } *bis.*

Je n'ai plus rien, affreuse solitude,
Pas un ami ! — Quel est ce doux soupir ?
Mon pauvre chien... Touchante gratitude,
Mes derniers jours, tu sais les adoucir.
Tiens, partageons le pain de l'indigence,
C'est le dernier, je n'ai plus de crédit ;
Le froid, la faim brisent l'intelligence : }
L'artiste meurt quand l'intrigant grandit ! } *bis.*

La fièvre, hélas, me brûle et me consume.
A moi palette, et couleurs et pinceaux ;
On nous verra, dans une œuvre posthume,
Du dernier pain partageant les morceaux...
Oh ! que je souffre... Ah ! quel affreux supplice !
Réchauffe, ami, mon bras qui s'engourdit ;
Je veux encore écrire au frontispice :
L'artiste meurt quand l'intrigant grandit ! } *bis.*

———

LE MONT-BLANC

—

Mention particulière au concours poétique
de Bordeaux, 1878.

AIR : *Ma Vigne.*

J'habite un coteau dont le flanc
De loin regarde le Mont-Blanc ;
Neige là bas, ici verdure.
Entre villages et hameaux,
Ma vigne étale ses rameaux ;
Le fin bourgeon craint la froidure.
Le blé doré, le grain vermeil,
Ce sont des gouttes de soleil.

REFRAIN

Monts altiers, les puissants superbes,
Ont comme vous la glace au cœur ;

Loin d'eux, peuples, chantons en chœur
Le vin, le blé, force et santé : grappes et gerbes !

Comme un lézard sur un vieux mur,
Sous le soleil mon raisin mûr
Se chauffe à l'abri de sa feuille.
Où vivent vautours et condors ;
Marmotte, aux sommets où tu dors,
Jamais un épi ne se cueille.
Vils esclaves, fiers oppresseurs,
Des champs redoutent les chasseurs.

Monts altiers, les puissants superbes,
Ont comme vous la glace au cœur ;
Loin d'eux, peuples, chantons en chœur
Tiges blondes et pampres verts : grappes et gerbes !

Après les foins, doux souvenir,
Les blés commencent à jaunir,
Dans la plaine et sur la colline.
Autour de ma blanche maison
Ma vigne en pleine floraison
Pompe sa liqueur purpurine.

Sur le Mont-Blanc, que voyons-nous ?
Brouillards, frimas, vents en courroux.

Monts altiers, les puissants superbes,
Ont comme vous la glace au cœur ;
Loin d'eux, peuples, chantons en chœur
Le bois tors et l'épi barbu : grappes et gerbes !

Sur les rocs si l'aigle souvent,
Brave l'avalanche et le vent ;
L'éclair frappe et réduit en poudre.
Sur nos humbles buissons en fleurs
Narquois pinsons, merles siffleurs,
Joyeux, chantent loin de la foudre :
Vie, amour, paix, fécondité :
— L'Aigle annonce l'aridité.

Monts altiers, les puissants superbes,
Ont comme vous la glace au cœur ;
Loin d'eux, peuples, chantons en chœur
Les grains d'or, le jus pétillant : grappes et gerbes !

Partout où l'aigl aime à nicher,
Peuples, n'allons pas défricher ;

Restons dans les paisibles plaines.
Unissons-nous et rassemblés,
Quand de bons vins et de beaux blés
Caves et granges seront pleines;
Le soir en vidant un grand pot
Discutons nos droits et l'impôt.

Monts altiers, les puissants superbes,
Ont comme vous la glace au cœur
Loin d'eux, peuples, chantons en chœur
Le blé, le vin, force et santé : grappes et gerbes !

CHANT D'ESPOIR

—

Air : *Le vieux sergent.*

Triste et rêveur, ma Muse trop rétive,
Bien rarement visitait mon grenier,
Un soir j'entends la voix frêle et plaintive
D'un malheureux implorant un denier...
Je n'avais rien, pas même une espérance ;
Ma Muse, enfin, qui vint à mon secours,
Me dit : Un mot peut calmer la souffrance ;
Pour être heureux, Frère, espère toujours! (*bis.*)

Quand du travail le fardeau nous accable,
Quand la sueur ruisselle sur nos fronts,
Quand le Destin qui semble irrévocable
Nous dit : Vivez de misères, d'affronts.

N'en croyons rien; sans haine, sans envie,
Dans l'avenir, espérons des beaux jours.
Le Progrès marche, il transforme la vie;
Pour être heureux, ah! travaillons toujours! (*bis*)

Esprits blasés, le dégoût, l'amertume
Forcent vos cœurs à proscrire un refrain;
Le vin qui mousse et le gigot qui fume
Vous laissent froids : l'égoïsme est un frein.
Mais, croyez-moi, les repas ont des charmes,
Surtout pour ceux qui souvent les font courts;
Un jour de joie efface un an de larmes :
Pour être heureux, fraternisons toujours! (*bis.*)

Ne nions pas les sentiments de l'âme,
Le scepticisme enfante les douleurs.
Ne fuyons pas quand l'amour nous réclame,
A son foyer nous sècherons nos pleurs.
En réchauffant, si parfois il dévore,
Que l'amitié remplace les amours;
Le souvenir est un bonheur encore :
Pour être heureux, aimons, aimons toujours! (*bis*)

En poursuivant le but de notre course,
Nous arrivons au fleuve de l'oubli ;
Le flot jamais ne remonte à sa source,
Le cœur humain ne peut être rempli.
L'ambition comme un cancer nous ronge,
Vêtus de bure ou drapés de velours,
Nous aspirons tout le fiel de l'éponge :
Pour être heureux, modérons-nous toujours ! (bis)

DROIT ET FORCE

—

Air : *Amis du vin, de la gloire et des belles.*

Français, si fiers de votre indépendance,
Resterez-vous paisibles, tolérants ;
Contre l'abus, l'astuce, l'impudence,
Vieux Montagnards, reformez donc vos rangs.
On nous a dit : Obéissez, esclaves ;
Droit et Raison commandent un refus,
Plus de bâillon, brisons toutes entraves :
Vils oppresseurs dites votre *in manus !* (*bis.*)

Fiers électeurs, vous que le siècle emporte,
Vers l'idéal : le Grand, le Beau, le Bien !
Quand Escobar, que le mensonge escorte,
Viendra dicter votre vote et le mien ;

Malgré les cris des cagots et des nonnes,
Sachons répondre à tous leurs orémus,
Même à leur dieu d'une ou de trois personnes :
Vils oppresseurs, dites votre *in manus !* (*bis*).

Sexe enchanteur que l'autre sexe admire
Depuis le jour où tous les deux sont nés,
Si, dans un cloître, un prêtre vous attire,
Vous menaçant du séjour des damnés,
O ! répondez : La femme doit à l'homme
Donner son cœur, son amour, ses vertus ;
Nos blonds enfants iront crier à Rome :
Vils oppresseurs, dites votre *in manus !* (*bis*).

Hommes, enfants, femmes et jeunes filles,
Souvenez-vous de ce dogme immortel :
Respect à tous, union des familles ;
Au Dieu-Progrès seul dressez un autel.
Prêtres et rois, nous ne voulons plus être
Des parias courbés et méconnus ;
Le peuple est libre, il gouverne sans maître :
Vils oppresseurs, dites votre *in manus !* (*bis*).

LE TEMPS

POÉSIE, 1853

Du haut des monts altiers d'où jaillit la lumière,
Son grand livre appuyé sur sa faulx meurtrière,
Dominant le palais, la maison, la chaumière,
    Se dresse le Temps décrépit ;
Il trace en traits profonds toutes nos destinées :
A tel donne cent ans, a tel quelques journées ;
    Il sème, il fauche sans répit !

Aucune émotion sur sa face livide ;
Son cœur est toujours sec, son crâne toujours vide,
Son long bras décharné, de détruire est avide ;
    La mort, pour tous, voilà son but.

Frappant sans frein, sans choix, sous ses pieds il entas
Corps sur corps : jeunes, vieux, riches, pauvres. Tout pass
Il n'a qu'un seul niveau pour mesurer l'espace,
    De Jupiter à Belzébuth !

Prières, pleurs et cris, contre lui tout échoue,
Non, jamais la pitié n'illumine sa joue ;
Le noble gorgé d'or, le gueux souillé de boue,
    Sont soumis à ses dures lois,
Mais l'un s'amuse et rit, quand l'autre souffre et pleure,
Mais, l'un boit, mange, dort, quand l'autre, en sa demeu
Jeûne avec ses enfants que le doute défleure,
    Ou gémit sous le joug des rois !

L'an qui vient de finir s'abreuva de nos larmes,
Insultant à la faim, riant de nos alarmes,
Dans d'ignobles plaisirs il se créa des charmes
    Aux tripots on l'a vu courir.
Les lupanars bien clos étouffaient crime et crainte
Interceptaient l'écho de la lugubre plainte
Que râlaient les martyrs de la Liberté sainte.
    Qu'on traînait bien loin pour mourir ?

L'an qui va commencer regarde avec audace
Le sabre d'assassin, le manteau de paillasse,
Que le Peuple, ô grand jour! brûlera sur la place ;
     Juste hécatombe à tous ses maux.
Brisant sous le marteau des haines populaires,
L'hydre du despotisme et ses cruels sicaires,
Qui, depuis deux mille ans dressent les prolétaires,
     Comme l'Arabe ses chameaux.

Le Temps marche toujours, il progresse, il avance,
Bientôt il franchira la dernière distance
Qui sépare les rois du jour de délivrance ;
     Sur eux nos bras appesantis
Dirigent la victoire et le triomphe arrive,
Déjà la Liberté d'une voix claire et vive,
Crie à tous les tyrans : halte, halte-là, qui vive !
     Et tous tombent anéantis !

Puis, les ans passeront comme passent les roses,
En renaissant plus beaux! Ainsi qu'êtres et choses ;
Vie et mort se suivront, sans trouble, sans effroi,
Quand l'Homme libre et juste au centre sera Roi!!

LE NOUVEAU LAZARE !

—

A obtenu un deuxième prix au Concours
des Goguettes réunies.

Voyez ce malheureux courbé sous ses haillons,
Il chemine en tremblant; ses jambes vacillantes
Soulèvent la poussière en poudreux tourbillons;
Son souffle est oppressé, ses forces défaillantes.
Dans son regard éteint, sur son grand front terreux
On voit courir la fièvre; il s'arrête, il chancelle...
Il pousse en soupirant ce cri navrant, affreux :
J'ai faim, hélas, j'ai faim... vainement il appelle.
Cependant, poursuit-il, quand j'étais jeune et fort,
J'ai souvent prélevé sur mon maigre salaire
Pour soulager le pauvre accablé par le sort,
L'égoïsme en mon cœur a toujours su se taire.
Maintenant je suis vieux, mon patron m'a chassé,
Riche de mes sueurs, l'orgueilleux me repousse

Quand, pendant cinquante ans, mes bras l'ont engraissé,
Mon labeur a rendu sa vie heureuse et douce,
Et moi, triste, perclus, je meurs dans un fossé !

Si j'étais le dernier, mais après moi bien d'autres
Vont par leurs durs travaux grossir le capital,
D'une tâche écrasante, ô courageux apôtres !
Vous mourrez sur la route ou bien à l'hôpital...
Ah ! si je souffrais seul j'aurais plus de courage
Mais ma femme est malade et mon enfant a faim,
Je ne puis leur porter un bienfaisant breuvage
Je n'ai pas même un sou pour acheter du pain !

— Ainsi parla cet homme. On vit au cimetière,
Entrer le jour suivant trois cercueils inégaux ;
Lui, sa femme et leur fils étaient morts de misère...

— Sera-ce toujours là que finiront nos maux ?

LA JUSTICE DU PEUPLE

—

Air : *Nostradamus.*

Le tambour bat, le peuple crie : Aux armes !
Vaincre ou mourir ! Droit, France, Liberté !
Terrible et grand, méprisant les gendarmes,
Le peuple, enfin, se réveille indompté.
Oh ! c'est assez de honte, de supplice,
Comme le Christ, il descend de sa croix.
Laissez passer la suprême justice ;
Tremblez, tyrans (*bis*), tremblez, traîtres et rois. } *bis.*

Toi, soi-disant droit divin, branche aînée,
Pendant mille ans tes cagots, nos tyrans,
De notre race à ton sceptre enchaînée,
Se sont repus, ont décimé nos rangs.

Mais, ô grands jours ! dans son ardente lice,
Quatre-vingt-neuf vint affirmer nos droits.
Laissez passer la suprême justice ;
Tremblez, tyrans (*bis*), tremblez, traîtres et rois.) } *bis.*

Et vous bâtards d'un injuste principe,
Faux, intrigants et lâches libéraux ;
Blottis derrière un tronqué municipe,
Tous vos bourgeois singeaient les hobereaux.
En Février le sanglant sacrifice
S'est accompli pour la troisième fois.
Laissez passer la suprême justice ;
Tremblez, tyrans (*bis*), tremblez, traîtres et rois.) } *bis.*

Mais, jours d'horreurs ! quel bandit ressuscite !
Que de vautours sur nos corps acharnés !
A la curée il les suit, les excite ;
Hideux bourreaux, tous au vice incarnés.
Depuis Décembre, escrocs, filles, police,
Jusqu'à Sedan, faussaient honneur et lois.
Laissez passer la suprême justice ;
Tremblez tyrans (*bis*), tremblez traîtres et rois.) } *bis.*

8.

Il s'est levé, le peuple, en sa colère,
Il a broyé trône, sceptre, échafaud ;
Tout a croulé dans l'immense cratère,
Tu sais punir, peuple, quand il le faut.
Sur nos drapeaux la Liberté propice
Grave ces mots que proclament nos voix :
Égalité, Fraternité, Justice ;
La République (*bis*) a balayé les rois !..... } *bis.*

LE RÉVEILLON DES PEUPLES

—

A obtenu le premier prix dans un concours
de chants politiques en 1857.

Air : *Le peuple est roi.*

Rois et tyrans, rassemblez vos phalanges,
Le réveillon les convie au plaisir ;
Le Christ encore est couvert de ses langes
Et vos carcans sont prêts à nous saisir.
Vous êtes forts, de terreur on frissonne,
Gorgez-vous donc... Mais les vieux Montagnards,
En attendant qu'un glas terrible sonne,
Dans le silence aiguisent leurs poignards.

REFRAIN

Le réveillon des peuples en alarmes,
C'est le tocsin, voix du faible en courroux,
Jetant dans l'air ces cris : Vengeance ! aux armes !
Réveillons-nous, réveillons-nous !

A ce banquet, despotes, prenez place,
Fiers, au milieu de vos lâches valets,
Ames de boue, esprits faux, cœurs de glace,
Ventrus, graisseux, tous bouffis et replets.
Quand le Pape entre, on se courbe ; il domine,
Car, sur le Christ, il s'assied en priant.
Peuples, sur vous, ils sèment la famine ;
De vos labeurs, ils dînent en riant.

Le réveillon des peuples en alarmes,
C'est le tocsin, voix du faible en courroux,
Jetant dans l'air ces cris : Vengeance ! aux armes !
    Réveillons-nous, réveillons-nous !

Dans vos festins, le bourreau qui découpe,
Sert des tronçons de nos corps déchirés.
Buvez souvent, il emplit votre coupe ;
De notre sang, vous êtes altérés.
Vous égalez la panthère féroce,
Vous surpassez l'immonde et vil pourceau ;
L'éclat hideux de votre rire atroce
Remplit d'effroi nos enfants au berceau,

Le réveillon des peuples en alarmes,

C'est le tocsin, voix du faible en courroux,
Jetant dans l'air ces cris : Vengeance! aux armes !
   Réveillons-nous, réveillons-nous !

Mangez, buvez ; la dégoûtante orgie
Endort l'esclave et plaît aux oppresseurs,
Pour les repus, à la face rougie,
La servitude a d'ignobles douceurs.
Lorsque Lazare implore ce qui tombe,
Vous le chassez avec un froid mépris,
Et, s'il murmure, un cachot, une tombe,
Etouffe tout : prières, pleurs et cris.

Le réveillon des peuples en alarmes,
C'est le tocsin, voix du faible en courroux,
Jetant dans l'air ces cris : Vengeance! aux armes!
   Réveillons-nous, réveillons-nous !

Le despotisme éteint tout sur la terre ;
Lâche et cruel, il se rit de nos pleurs.
Il a pour sceptre un sanglant cimeterre
Et, pour couronne, un cercle de douleurs.

La liberté, qu'il bâillonne, torture,
Gît, expirante, entre prêtres et rois ;
Le fer aigu qui déchire, triture,
Est surmonté du signe de la croix.

Le réveillon des peuples en alarmes
C'est le tocsin, voix du faible en courroux,
Jetant dans l'air ces cris : Vengeance ! aux armes !
    Réveillons-nous, réveillons-nous !

Dans vos palais la terreur et la force,
Montent la garde, un long sabre au côté,
Sur des canons, prête à brûler l'amorce,
Se dresse aussi l'affreuse cruauté.
Riez, chantez, ces trois cerbères veillent,
Dansez aux sons de rigides accords ;
Pourquoi trembler... tous les peuples sommeillent
Sous les liens dont vous brisez leurs corps.

Le réveillon des peuples en alarmes
C'est le tocsin, voix du faible en courroux,
Jetant dans l'air ces cris : Vengeance ! aux armes !
    Réveillons-nous, réveillons-nous !

La nuit toujours enveloppe le monde
Rois et hiboux soufflent sur les flambeaux,
L'ombre est épaisse et leur joie est profonde
Dans leurs ébats sur de nombreux tombeaux...
Mais le jour point... voyez, l'horizon brille...
Peuples, debout ! Vengez-vous sans remords...
Ne formez plus qu'une seule famille,
Vivez heureux : Tous les tyrans sont morts !

Le réveillon des peuples en alarmes
C'est le tocsin, voix du faible en courroux,
Jetant dans l'air ces cris : Vengeance ! aux armes !
    Réveillons-nous, réveillons-nous !

COUPS DE SIFFLET

—

Air très connu.

Contre l'hydre de l'ignorance,
Menaçant d'amoindrir la France,
Si l'on trébuche à chaque pas,
 Ne sifflons pas (*bis*).
Dans nos écoles, nos collèges,
Pour abolir les privilèges
Des ignorantins noirs et roux,
 Mes amis, sifflons tous ! (*bis*)

Amis du progrès l'heure sonne,
Le clairon laïque résonne,

Mais si l'appel se fait tout bas,
    Ne sifflons pas (*bis*).
Pour briser le noir joug de Rome
Et de l'enfant faire un brave homme
Au nez de ces sales matous,
    Mes amis, sifflons tous ! (*bis*)

La tâche est rude et difficile ;
Si, pour lutter contre Bazile
On voit faiblir quelques soldats,
    Ne sifflons pas (*bis*).
Mais quand commence l'escarmouche,
Honte au caporal qui se couche
Devant les corbeaux, les hiboux
    Mes amis, sifflons tous ! (*bis*)

La vie a des misères noires,
L'ignorant craint tous les déboires,
Il doit songer à ses repas,
    Ne sifflons pas (*bis*).
Mais lorsqu'un commerçant cupide,
Pour s'assurer un gain sordide,

9

Préfère au devoir les gros sous,
    Mes amis, sifflons tous ! *(bis)*

Toute politique est brouillonne,
Quand dans nos cœurs le sang bouillonne,
En face d'orageux débats,
    Ne sifflons pas *(bis)*.
Lorsqu'au nom d'un Dieu de concorde,
Un prêtre souffle la discorde,
Quand le Christ a dit : Aimez-vous !
    Mes amis, sifflons tous *(bis)* !

Le soldat qui sert sa Patrie,
Le sauveteur qui perd la vie,
Pour son prochain, sans embarras,
    Ne sifflons pas *(bis)*.
Mais tous ces eunuques d'église
Professeurs de fainéantise,
Généreux comme des coucous,
    Mes amis, sifflons tous *(bis)*.

L'humble habit du maître d'école,
N'est pas décoré d'une étole,

Ainsi qu'un sarrau de Judas,
    Ne sifflons pas (*bis*).
Mais les tricornes, les soutanes,
Souvent n'abritent que des ânes ;
Anes quand ils ne sont pas loups !
    Mes amis sifflons tous (*bis*) !

COUP DE BALAI

—

Air : *Entrons à la Préfecture.*

Trop longtemps notre belle France
A vécu sous le joug des rois,
Le Peuple, aigri par la souffrance
Revendique aujourd'hui ses Droits.

REFRAIN

Balayons,
Nettoyons
Tous les monarchistes ;
Qu'ils sachent enfin
Que leur pouvoir est à sa fin.
Noirs et blancs,

         Tout tremblants,
         Aux socialistes
         Cédez le terrain
Le Peuple libre est souverain !

Un gouvernement despotique
Violait Lois et Libertés;
Par le pouvoir machiavélique
Aucuns vœux n'étaient respectés.

    Balayons, Nettoyons, etc.

Les défenseurs du prolétaire
Gémissaient au fond des cachots.
Modique était notre salaire,
Bien lourds étaient tous les impôts.

    Balayons, Nettoyons, etc.

L'artisan, Juif-Errant moderne,
Travaillait sans paix ni merci,
Il buvait l'eau de la citerne,
Mangeait du pain noir et durci.

    Balayons, Nettoyons, etc.

                                        8.

Mais tout à coup le tocsin sonne
Jetant ce cri : Fraternité...
Le peuple agit, pense et raisonne,
Il te salue, ô Liberté !

Balayons,
Nettoyons
Tous les monarchistes ;
Qu'ils sachent enfin
Que leur pouvoir est à sa fin.
Noirs et blancs,
Tout tremblants,
Aux socialistes
Cédez le terrain
Le peuple est libre et souverain.

L'ASSOCIATION

Air du *Chant des soldats*.

Lorsque commença le vieux monde
Les hommes vivaient en commun ;
C'est une devise féconde
Qu'un pour tous et tous pour chacun.
Le bonheur était l'apanage
De nos aïeux simples pasteurs ;
Ils répétèrent d'âge en âge :
Associez-vous, travailleurs,
L'union vous rendra meilleurs !

REFRAIN

Brisons (*bis*) le lien qui nous serre
Liguons-nous contre les tyrans.

Ouvriers, bourgeois, paysans,
Unissons-nous, serrons nos rangs.
Le travail enrichit la terre,
    La terre, la terre;
Il doit nourrir tous ses enfants.

L'ambition et tous les vices
Semés sur terre par Satan,
Puis plus tard les sourdes malices
Que vomit le noir Vatican
Ont divisé l'espèce humaine,
Faussé le cœur, faussé l'esprit;
Pour briser la ligue romaine
Suivons la loi de Jésus-Christ :
Aide au faible, honneur au proscrit!

Brisons (*bis*) le lien qui nous serre
Liguons-nous contre les tyrans,
Ouvriers, bourgeois, paysans,
Unissons-nous, serrons nos rangs.
Le travail enrichit la terre,
    La terre, la terre;
Il doit nourrir tous ses enfants.

Une barrière gigantesque
Empêche nos bras de s'unir,
Mais nulle tourbe soldatesque
Ne peut arrêter l'Avenir.
Rois, vos immondes satellites
Vivent du gain des artisans;
Hors d'ici, lâches parasites,
Disparaissez, vils courtisans,
L'Avenir est aux paysans !

Brisons (*bis*) le lien qui nous serre,
Liguons-nous contre les tyrans,
Ouvriers, bourgeois, paysans,
Unissons-nous, serrons nos rangs.
Le travail enrichit la terre,
  La terre, la terre;
Il doit nourrir tous ses enfants.

Il est encore un autre obstacle
Plus effrayant, plus dangereux,
Pour monter un jour au pinacle
Nos chefs se disputent entre eux.

Ah ! plus de luttes intestines,
Plus d'orgueilleux, plus de jaloux,
Que la base de nos doctrines
Soit l'Evangile, il dit à tous :
Les uns les autres aimez-vous !

Brisons (*bis*) le lien qui nous serre
Liguons-nous contre les tyrans,
Ouvriers, bourgeois, paysans,
Unissons-nous, serrons nos rangs.
Le travail enrichit la terre,
   La terre, la terre.
Il doit nourrir tous ses enfants.

Déshérités, bientôt sur terre,
Vos durs travaux seront comptés,
La bêche, le marteau, l'équerre
Seront des blasons respectés.
C'est le doux avenir du monde
Délivré de ses oppresseurs,
La paix sera saine et féconde ;
Plus de peuples envahisseurs,
Toutes les nations sont sœurs !

Brisons (*bis*) le lien qui nous serre,
Liguons-nous contre les tyrans,
Ouvriers, bourgeois, paysans,
Unissons-nous, serrons nos rangs.
Le travail enrichit la terre,
    La terre, la terre,
Il doit nourrir tous ses enfants.

Amour de l'humanité sainte,
Des novateurs soutiens la foi,
Du prolétaire entend la plainte,
Des trembleurs viens calmer l'effroi.
Que les tyrans et les faux frères,
Courbés sous les remords vengeurs,
Emportent toutes nos colères :
Associons-nous, travailleurs,
L'union nous rendra meilleurs !

Brisons (*bis*) le lien qui nous serre,
Liguons-nous contre les tyrans,
Ouvriers, bourgeois, paysans,
Unissons-nous, serrons nos rangs.
Le travail enrichit la terre,
    La terre, la terre,
Il doit nourrir tous ses enfants.

UNE RICHE MUSE

—

Chanson adressée à un maire clérical revenant de pèlernage qui, dans une discussion publique, m'avait désigné par ces mots : « Un poète en guenilles. »

—

Air : *T'en souviens-tu.*

Vous m'appelez un poëte en guenilles,
Noir pèlerin, croyant river mou clou ;
Je n'ai jamais courbé sous des coquilles,
Quêté pour Rome un simple petit sou...
Ma Muse est franche et n'aime pas qu'on triche,
De l'hypocrite elle arrache le fard ;

Sachez-le bien ma Muse est assez riche, } *bis.*
Quand elle peut démarquer un cafard.

Les charlatans, les paillasses, les pitres,
Ne sont pas tous affublés d'oripeaux,
Chacun de nous en lisant vos épîtres,
A deviné qui tenait les pipeaux.
Rengorgez-vous de la valeur surfaite,
De votre esprit qui suit le mot à mot ;
Mais, sachez-le, ma Muse est satisfaite
Quand en public elle flagelle un sot.

bis.

Vous connaissez vos auteurs, l'on m'assure,
Vous souvient-il des Parthes, je le crois ;
Ainsi que vous infligeant la blessure,
Ils s'enfuyaient en vidant leurs carquois.
L'honneur pour vous c'est moins qu'une fadaise,
Le coursier saint ne sent plus l'éperon ;
Mais, sachez-le, ma Muse est à son aise
Quand elle peut cravacher un poltron.

bis.

Sots et poltrons, cafards, je vous convie,
Ameutez-vous, l'heure s'approche, allons,
Hurlez, bavez, que l'intrigue et l'envie
Contre nos droits se dressent, plats frêlons.

La Liberté poursuit sa course austère,
Foulant aux pieds les régimes bâtards;

Ma Muse est riche, elle ne peut se taire } bis.
Devant les sots, les poltrons, les cafards. }

LA MUNICIPALE

—

MARSEILLAISE DES COMMUNES

Air : *la Marseillaise.*

O Liberté! quand ta voix vibre
Les esclaves sont triomphants.
Le vote universel et libre,
A l'urne appelle tes enfants.   (*bis.*)
Des franchises municipales,
Nos élus affirmant les droits
Suppriment des tyrans, des rois,
Les politiques saturnales.

Aux urnes, électeurs ! Marchez avec fierté !
Votez, votez
Pour la Patrie et pour la Liberté !

Pendant vingt siècles à la glèbe
Nos corps meurtris furent rivés ;
Quand la commune unit la plèbe,
Des jours d'espoir se sont levés.   (*bis.*)
Quatre-vingt-treize, ta victoire
Nivela les libres humains ;
Ainsi, par de sanglants chemins,
Sont arrivés les jours de gloire.

Aux urnes, électeurs ! Marchez avec fierté !
Votez, votez
Pour la Patrie et pour la Liberté !

Le vil intérêt monarchique
Souvent par de honteux débats,
Lançait l'esprit patriotique
Dans de fratricides combats.   (*bis.*)
Mil huit cent trente, ardente lutte,
Créa nos droits municipaux,
Du Trône les vieux oripeaux
Sombrent bientôt de chute en chute.

Aux urnes, électeurs ! Marchez avec fierté !
Votez, votez,
Pour la Patrie et pour la Liberté !

De Février quand le grand œuvre
Déracina tous les abus,
Un aigle à tête de couleuvre
Se greffa sur le *Syllabus...*   (*bis.*)
Tous les traîtres rampants dans l'ombre
Ont cloué dans un noir cercueil
Les enfants de la France en deuil,
Surpris dans la nuit froide et sombre

Aux urnes, électeurs! Marchez avec fierté!
        Votez, votez,
Pour la Patrie et pour la Liberté!

Pendant vingt ans bavant leur rage,
Ils comprenaient, lâches soudards,
Que le Peuple plein de courage
Relèverait ses étendards.   (*bis.*)
Ils ont muselé la Commune,
Pourvu Cayenne et Lambessa;
Mais, soudain, contre eux se dressa
La République et sa fortune,

Aux urnes, électeurs! Marchez avec fierté
        Votez, votez
Pour la Patrie et pour la Liberté!

10.

Liberté ! Puissance infinie !
Les faibles en ton nom sont forts :
A la Commune réunie
Féconde nos mâles efforts.   (*bis.*)
En l'an deux mille, ère nouvelle
Les siècles futurs le diront,
Tous les Peuples acclameront
La République universelle !!!

Aux urnes, électeurs ! Marchez avec fierté !
Votez, votez
Pour la Patrie et pour la Liberté !

UNE VOIX D'OUTRE-TOMBE

—

Mention particulière au Concours poétique
de Bordeaux, 1877.

—

Air : *Nostradamus.*

Nostradamus, gardons-en la mémoire,
De son cercueil s'échappe quelquefois
Pour compléter dans son savant grimoire,
Ses pronostics sur la chute des rois.
L'accent si vrai de sa docte parole
En mâles chants Béranger l'a prouvé
De l'avenir pose le pur symbole :
Tout mot d'espoir (*bis*) sur l'airain est gravé ! } *bis.*

« Bientôt, dit-il, Janvier sans froid ni neige

« De beaux fruits mûrs ornera sa saison ;

« Le pâle hiver au triste et lent cortège

« Ne viendra plus assombrir l'horizon.

« Près des palais, la plus humble chaumière,

« Sous les rayons du soleil ravivé

« Aura sa part de vie et de lumière :

— Tout mot d'espoir (*bis*) sur l'airain est gravé ! } *bis.*

« Au mois d'avril, les fleurs naîtront plus belles

« Sans s'effeuiller sur le poudreux chemin ;

« Myosotis, doux lierres, immortelles,

« Couronneront le fraternel hymen.

« Suave amour, nobles jeux, saine gloire.

« Sous vos pavois, le vice dépravé

« Disparaîtra, niant sa propre histoire :

— Tout mot d'espoir (*bis*) sur l'airain est gravé ! } *bis.*

« L'herbe croîtra, sur la montagne aride,

« Pour vos chevaux, vos bœufs, vos moutons blancs,

« Jamais les feux de la zone torride,

« Epis dorés, ne brûleront vos flancs ;

« Le grain gonflé, multipliant son germe,
« Centuplera le trésor cultivé.
« Plutus fuira la Bourse pour la ferme :
— Tout mot d'espoir (*bis*) sur l'airain est gravé !} *bis.*

« Vous n'aurez plus de chétives vendanges,
« Un jus bouillant coulera du pressoir.
« Du bon Silène, en chantant les louanges,
« Libres et gais, vous trinquerez le soir.
« Avec le vin, l'amour filtrant dans l'âme,
« En relevant l'esprit trop énervé,
« Unit les cœurs aux rayons de sa flamme :
— Tout mot d'espoir (*bis*) sur l'airain est gravé !»} *bis.*

Ainsi parla cette voix d'outre-tombe,
Qui fit longtemps trembler chaume et palais ;
Mais, aujourd'hui, de la terre où tout tombe,
Ne doit sortir que l'oubli, que la paix...
Aimons-nous donc, par l'union se fonde
Cet Idéal que le Christ a rêvé ;
Que le travail émancipe le monde !
—Grand mot d'espoir (*bis*) sur l'airain sois gravé !} *bis.*

TRAVAIL ET LIBERTÉ

—

SOUVENIR DE « VILLERS-SUR-MER »

———

Air à noter.

Un jour, près d'un riant village
Que la mer baigne de ses flots,
Je vis, sur une verte plage,
Où travaillaient de joyeux matelots,
Un toit de chaume embelli par un lierre,
Tableau charmant dans sa simplicité ;
Et j'entendis cette noble prière :
Gloire au Travail, tout pour la Liberté !

La brise, en soufflant sur la porte,
L'entr'ouvre et laisse apercevoir
Un groupe que la paix transporte
Dans un beau ciel de bonheur et d'espoir.

Près de leur fils endormi sur la mousse,
Deux jeunes cœurs pleins de virilité,
En travaillant chantaient d'une voix douce :
La Paix, l'Amour, l'Honneur la Liberté !

La femme, aimable et belle brune,
Tressait les mailles d'un filet ;
L'époux comblait une lacune
Ouverte au flanc d'un frêle batelet.
Hardi pêcheur en bravant la tempête,
Pour conquérir existence et santé,
Malgré les vents, ta mâle voix répète :
Espoir, Amour, Travail et Liberté !

Lorsque la pêche est excellente,
Il vend aux bourgeois du canton
L'anguille fraîche et succulente,
Le fin saumon, le turbot et le thon.
En rapportant à son fils, à sa femme
Du pain, du vin : la vie et la gaîté,
Unis, tous trois chantent du fond de l'âme :
Amour, Bonheur, Travail et Liberté !

LA MESSAGÈRE

—

Air : *D'où viens-tu beau nuage ?*

Dans ma cellule sombre,
Quand du soir descend l'ombre,
Brise repose-toi ;
Rassemble mes pensées,
Porte-les entassées,
Aux âmes oppressées,
Qui gémissent sur moi.

Glisse, brise légère,
Au souffle printanier,
Sois l'humble messagère
Du triste prisonnier.

Dans ta course folâtre,
Assieds-toi près de l'âtre,
Au foyer paternel ;
Donne à tous ceux que j'aime
Une force suprême,
Que leur chagrin extrême
Cède au destin cruel.

Glisse, brise légère,
Au souffle printanier,
Sois l'humble messagère
Du triste prisonnier.

Dis-leur que l'espérance
Affaiblit la souffrance,
Dis-leur que mon amour
Reste pur et suave,
Le malheur que je brave
Ne courbe que l'esclave...
Le fort attend son jour !

Glisse, brise légère,
Au souffle printanier,

Sois l'humble messagère
Du triste prisonnier.

Porte à tous des nouvelles,
A mes amis fidèles
Parle tout bas, bien bas...
Foule l'herbe fleurie,
Les sentiers, la prairie,
Où plein de rêverie
Je dirigeais mes pas.

Glisse, brise légère,
Au souffle printanier,
Sois l'humble messagère
Du triste prisonnier.

Va rafraîchir la rive
Où ma jeunesse vive
Cueillait de douces fleurs ;
Sature-toi d'arômes
Et reviens sous ses dômes,
Chasser les noirs fantômes :
Reviens sécher mes pleurs.

Glisse, brise légère,
Au souffle printanier.
Sois l'humble messagère
Du triste prisonnier.

LE TAUPIER

Air des *Louis d'or*.

Lorsque l'aube perce la brume
Du jour annonçant le réveil,
Lorsque l'humide horizon fume
Sous les feux prochains du soleil;
L'Ombre s'enfuit, l'heure s'avance
Où chaque être est rempli d'ardeur;
Mais toujours un homme devance
L'heure du journalier labeur.
Courbé, pensif, plein de mystère
Est-ce un fantôme, est-ce un sorcier,
Que cherche-t-il ainsi sous terre?
C'est le secret du vieux Taupier.

Cet homme de très haute taille,
Nez crochu, yeux profonds, longs bras,
Gros pieds, sabots fourrés de paille,
Silencieux, glisse à grands pas ;
Vieux chapeau que le vent déforme,
Larges mains sur un fort bâton,
Jarrets cagneux, torse difforme,
Terreur des enfants du canton.
Sa vie est pleine de mystère,
Moitié railleur, moitié sorcier,
Il découvre en fouillant la terre
Plus d'un secret, le vieux Taupier.

Toujours penché sur l'herbe verte,
Il fouille, et ses bâtons ferrés
Frappent la bête dont la perte
Fait la richesse de nos prés.
Comme un Baron du moyen-âge,
Aux arbres il pend l'ennemi ;
Bien souvent assis sous l'ombrage
Plus d'un beau couple en a frémi.
Cachez-vous quelque doux mystère,
Craignez ce railleur, ce sorcier,

Il découvre en fouillant la terre
Plus d'un secret, le vieux Taupier.

Chaque soir au fond d'une grange
Il se cache et passe la nuit,
Un grand bouc au regard étrange
Partage ce sombre réduit ;
Quelquefois une poule noire,
Une chouette, un gros chien roux,
Viennent lui montrer le grimoire,
Sous l'œil en feu de trois hiboux.
Ce dernier point est un mystère ;
Bonnes gens craignez le sorcier ;
Voulez-vous être heureux sur terre,
N'allez pas troubler le Taupier.

Il connaît la vertu des herbes,
Jette des sorts ou fait aimer ;
Pour augmenter le poids des gerbes
On l'invite avant de semer.
Gros fermiers, garçons et fillettes
De beaux présents vont lui porter :

Il sait nouer les aiguillettes,
La génisse peut avorter.
Entre-nous je crois sans mystère,
Qu'il se fait passer pour sorcier
Pour mieux se goberger sur terre ;
C'est un finaud, le vieux Taupier.

L'ASSAUT D'ARMES

—

Air très connu.

Un assaut d'armes se donnait
Un jour dans une grande ville.
L'un des lutteurs fort, souple, agile,
Par son air martial étonnait.
　　Beaucoup, je gage,
　　A son jeune âge
S'intéressaient, pour lui faisaient des vœux ;
　　Simple en sa mise,
　　Maillot cerise,
Rouge manteau parsemé de points bleus,
Il était fier, plein d'espoir, belliqueux,
　　En montrant sa devise. (*Bis.*)

Portant un royal étendard,
Le second de ces hommes d'armes,
Noblement épris de ses charmes,
N'était qu'un dédaigneux vieillard.
Soldat fantasque,
Sous son vieux casque,
De l'autre monde il semblait revenir ;
Mais, ô surprise,
Il fleurdelise
Les trois couleurs que rien n'a pu ternir.
Le bon public ne peut se retenir ;
On rit de sa devise. (*Bis.*)

Derrière ce duc tout perclus,
Un petit homme noir se dresse ;
Tous les deux sortent de la messe
Et commentent le *Syllabus*.
Rage inutile,
Bouffis de bile,
Un *triduum* unit leur partisans ;
On catéchise,
Rome exorcise
L'esprit malin troublant nos paysans ;

Mais vains efforts, amis et courtisans
   Changent tous leur devise. (*Bis.*)

Vêtu comme un chef de forban
Vient ensuite un soudard bravache,
Orné de l'immortel panache
Du deux décembre et de Sedan.
   Enfin tous quatre
   Doivent se battre,
En arborant leurs couleurs, leurs drapeaux;
   Mais, ô traîtrise,
   Le noir s'avise
De déployer deux modernes manteaux;
Le duc et lui couvrent leurs oripeaux
   Et cachent leur devise. (*Bis.*)

Applaudi par les spectateurs,
Le jeune combattant s'élance,
D'un coup il réduit au silence
Et bat ses trois compétiteurs...
   On le proclame,
   La France acclame

La République et la légalité;
     Noblesse, Église,
     Tout s'égalise;
Le peuple enfin respire avec fierté.
Fraternité, Justice et Liberté!
     Voilà notre devise. (*Bis.*)

SOUVENIRS DES COLONIES

—

Enfin, me voici donc installé dans ma ferme,
Patiemment, attendant que tout sorte du germe ;
Le maïs et le riz, chevreaux et marcassins,
Le café, le manioc, dindes, canards, poussins !...

Tout croît à qui mieux mieux, je vois Mère Nature
Répandre ses faveurs sur bétail et culture,
De l'aube au crépuscule, on voit poindre et pousser,
J'entends bêler, grogner, roucouler et glousser ;
Je tressaillle aux éclats du beuglement sonore
De mon taureau soignant le troupeau qu'il honore.
Au sourd mugissement, caressant ou plaintif,
De la vache appelant son veau joyeux et vif,
Dont les bonds alarmant sa fibre maternelle,
Va, pour le contenir, lui tendre sa mamelle.

J'aime du bon berger, houlette et chalumeau,
Jamais ce sceptre-là n'écrase le troupeau,
Vous le savez, amis, bétail donne fortune ;
De *Serres* à *Guillot* doit cesser la rancune.
En cultivant on vit, mais malgré nos efforts,
La cueillette ne peut emplir les coffres-forts.
Le café cependant nous promet l'abondance,
Aussi j'ai des semis de bien belle espérance,
Et tous mes plants d'un an, avec soin repiqués.
Sont, par les visiteurs, dans mes champs remarqués.

J'ai semé, j'ai planté fleurs, arbres, céréales,
Le travail est plaisant aux heures matinales,
Mais sitôt que Phébus est monté de cent pieds
La chaleur me terrasse, à l'ombre je m'assieds....
Puis, je rentre vaquer au repas solitaire ;
Sans compagne, isolé : la vie est bien austère.
J'ai pour unique ami mon chien, dont les ébats,
Les tours de passe-passe avec mes deux beaux chats
Embellissent un peu ma douce solitude
Dont chaque heure a pour moi l'attrait vif d'une étude.

.   .   .   .   , ...

12

. . . .

Je cherchais à savoir ce que nous fûmes, nous,
Avant de devenir enfin ce que nous sommes;
Canaques, Iroquois, Arabes ou Sioux,
Ainsi que l'Etre Blanc pourtant vous êtes hommes :
Nous nous croyons savants, artistes, policés,
Nous vous jugeons grossiers, ignorants et barbares,
Cependant, près de vous, nous nous sommes glissés,
Cherchant plaisir, fortune et bonheur... Choses rares!
Est-ce vous dont l'Envie étreint les fronts plissés ?

Est-ce vous qui bravant les fièvres, les tempêtes,
Désertez vos foyers, amis, parents et fêtes,
Pour chercher l'inconnu fuyez le sol natal ?
Est-ce vous qui fouillez vos montagnes arides,
Triez vos rocs brûlés et vos sables humides,
Pour glaner un grain d'or ou quelque autre métal
Dont l'appât dans nos cœurs sème un germe fatal !

Non, contents, vous vivez dans vos tribus ouvertes,
Sous les rameaux puissants aux feuilles toujours vertes
De cet arbre élégant, fertile, universel, ...

Qui nourrit, guérit, chauffe, habille, abreuve, abrite :
Voiles, filets, canots, vases, outils, marmite,
Tout sort du cocotier : C'est un présent du ciel.
L'Européen, hélas! n'en connaît que le fiel! (1)

Quand je mets en regard vos tribus et nos villes,
Cloaques resserrés, pleins d'immondices viles;
Quand je vous vois joyeux, libres, insouciants,
Baignés dans les flots d'or d'un soleil sans nuage,
Vigoureux, humant l'air embaumé de la plage;
Je songe à nos brouillards gris, lourds, atrophiants,
Aux corps dégénérés d'Êtres inconscients...

J'allais poursuivre, amis, quand mes *tayos* (2) fidèles
Poussent ce cri terrible : Alerte! aux sauterelles :
Gare au maïs, au riz, elles dévorent tout,
Lorsqu'elles ont passé, rien ne reste debout!
Un jour leur suffirait, n'étant jamais avares,
Pour engloutir le pain de France et des Navarres...

(1) La noix de coco produit une huile très nauséabonde, mais dont on fait un grand commerce en Europe.

(2) On appelle *tayos* les naturels en général, mais on désigne ainsi surtout ceux qui sont dévoués.

D'un bond je cours aux champs, les sentiers d'alentour
Etaient garnis, couverts du Locuste-Vautour :
Les sauterelles ont une faim meurtrière,
De mes biens en une heure elles feront litière !...

Elles trottaient, trottaient, bonds sur bonds réguliers (1)
Ainsi que des soldats excellents cavaliers,
Des cuirassiers fougueux commençant une charge ;
Je regarde... Ici, là, les voyez-vous au large,
Je vais perdre trois mois de travail de sueur !
Soudain, d'un peu d'espoir j'entrevois la lueur :
Je ne me rends jamais, je combats comme Hercule,
Je puis être vaincu, mais jamais ne recule.

D'un branchage touffu je m'arme bravement,
Ainsi font les tayos sous mon commandement,
Sans peur et sans reproche engageant la bataille,

(1) Quelques jours après leur éclosion, avant que leurs ailes
soient poussées, les sauterelles se rassemblent en immenses
colonnes et s'avancent compactes et serrées, envahissant tout ;
c'est alors qu'elles sont le plus à craindre, toutes les récoltes
graminées sont dévorées ; arbres, buissons, tout est dénudé sur
leur passage ; elles ne laissent absolument que la terre nue et le
bois dépouillé ; c'est le plus terrible fléau des colonies..

En tirailleurs, frappant et d'estoc et de taille,
Nous chassons l'ennemi loin des champs cultivés,
Bientôt sous plusieurs feux par les vents activés,
Nous les grillons en tas, sans pitié, pleins de rage !...
Et nous sommes vainqueurs à force de courage !...

Sans *discours* et sans *plan* j'acceptai le combat,
Je ne suis, il est vrai, ni *Breton* ni *soldat*,
Point ou peu *catholique* et n'eus pas d'autre envie
Que préserver mon bien, mes foyers et ma vie...
Pour vaincre l'ennemi, croyez en mon aveu,
Tout est bon : le fer, l'eau, glace, famine ou feu !

Enfin, j'ai réussi, j'ai sauvé ma récolte,
Je combats le destin sans plainte, sans révolte.
Si j'avais tout perdu j'aurais recommencé,
Sans retard à nouveau j'aurais ensemencé,
Prenant ainsi plaisir à voir deux fois la pousse :

Que la philosophie est bonne en pleine Brousse !...

LA DERNIÈRE RÉVOLUTION !

—

Air à noter.

Pour briser nos ignobles chaînes,
Peuples sachons vaincre ou mourir ;
Parcourons les fécondes plaines
Du libre champ de l'avenir.
C'est la Liberté qui nous guide
Aux lueurs d'un rouge flambeau.
Peuples, marchons sous cette égide,
Des tyrans scellons le tombeau.

Marchons, ligués contre les trônes,
    Serrons nos rangs,
    Guerre aux tyrans.
Brisons les sceptres, les couronnes ;

En ton nom, Liberté,
Fondons l'Égalité.
Justice, Amour, Fraternité !

Soldats vaillants d'un nouveau monde,
Renversons le monstre géant ;
Valets repus d'un maître immonde,
Rentrez dans le sombre néant.
Trop longtemps, par droit de conquête,
Sous le joug ont ployé nos fronts ;
Debouts, frappons l'hydre à la tête,
Peuples aux cœurs fiers, aux bras prompts.

Marchons, ligués contre les trônes,
    Serrons nos rangs,
    Guerre aux tyrans,
Brisons les sceptres, les couronnes ;
    En ton nom, Liberté,
    Fondons l'Égalité,
Justice, Amour, Fraternité !

Frappons, frappons et la victoire,
Au nom du Droit, de l'Équité,

Va reconstituer l'histoire
Des Peuples dans l'humanité.
Doux réveil, après un beau rêve,
Sous la loi du niveau d'airain.
Le jour du triomphe se lève :
Vive le Peuple souverain !

Marchons, ligués contre les trônes,
Serrons nos rangs,
Guerre aux tyrans,
Brisons les sceptres, les couronnes ;
En ton nom, Liberté,
Fondons l'Égalité,
Justice, Amour, Fraternité !

TABLE

—

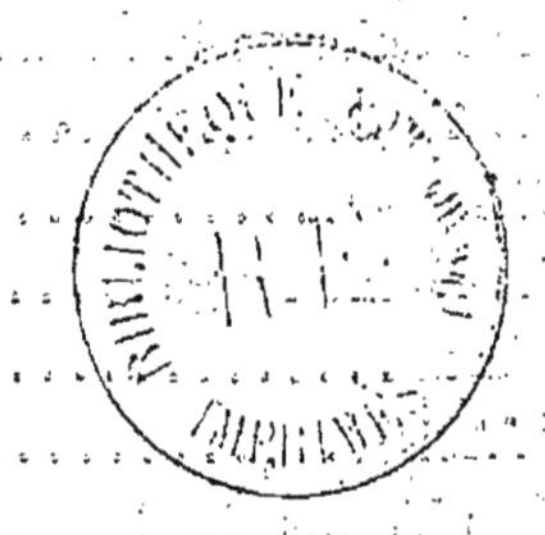

Paris. — Imp. Nouv. (ass. ouv.), 11, rue Cadet. — G. Masquin, dir.

DU MÊME AUTEUR

CHEZ LE MÊME ÉDITEUR

LE LIVRE DES BAISERS, par Victor Billaud, avec une eau-forte et 39 dessins à la plume, par Henri Somm, 2e éd. 1 vol. grand in-18............................... 3 fr.

LES CONTES TOURANGEAUX, gais devis, recueillis par un lettré poitevin. 1 vol. grand in-18........ :........ 6 fr.

LES HEURES DE SOLEIL, par J. Bailly. 1 vol. in-12. 6 fr.

ROMANIA. par Marie Nizet. 1 vol. in-12.......... 5 fr.

TYRTÉE. traduction nouvelle, par A. Profilet de Mussy, texte et préface de Klotz, avec gravure à l'eau-forte d'après l'antique, par G. Morel. 1 vol. in-12............... 3 fr.

HARDYMILLE. par Jules Franc. 1 vol. in 12...... 3 fr.

MES VERS, par A. Martin. 1 vol. in-12........... 2 50

FLEURS DU RÊVE, par Helène Swarth. 1 vol. in-12. 2 fr.

POÈMES MODERNES, par Marc Bonnefoy. 1 v. in-12. 3 fr.

DIEU ET PATRIE, poèmes militaires, par Marc Bonnefoy. 1 vol. in-12.................................... 3 fr.

LES TROUVÈRES, par Marque et D. Mon. 1 v. in-12. 3 fr.

LES CHANTS DU MATIN, par Albert Chateau. 1 vol. in-12.................................... 2 50

LES HALTES, par André Chanet, nouvelle édition. 1 vol. in-12.................................... 3 50

LES RÊVERIES, par Albert Huguenin. 1 vol. in-18. 3 fr.

FLEURS DE SANCY, par E. de Comberousse. 1 volume in-12.................................... 3 fr.

LES ÉCHEVELÉES, par A. Laffite. 1 vol. in-18... 1 fr.

NOUVELLE GERBE, par Raoul Bonnery. 1 volume in-12.................................... 3 fr.

Paris — Imp. Nouvelle assoc. ouv), 11, rue Cadet. — G. Masquin, direct.